愿
有趣的灵魂终能相遇

方草心 著

中国华侨出版社

序言 | 埋在心里的执着

　　外面的世界云仙雾绕，不利于身心的塑造。于是把窗户关好，开了空调，窝在沙发里看电影。

　　这部电影关于爱情。不，抑或是人类所有的情感。

　　关于执着。

　　一个还没有看过大千世界的 14 岁女孩，安静却又成熟，她从不知道成人的感情世界是什么样。直到有一天，有个风流潇洒的作家搬到她家的隔壁，她有了她人生中第一次痴迷的崇拜。少女是羞涩的，所以，她只是偷偷地观察着作家的生活。而作家，却从未留意身边的这个女孩。

因为这种崇拜而幻化成的痴恋，使得女孩在随着母亲搬走他乡之后，不久后独自回来。只是，作家再未认出来她是谁。她在苦苦等待着机会。有一天，她终于能和心爱的男人接近、痴缠，作家依然只是把她当成众多女人中的一个。

年轻的女孩后来怀孕了。为了使自己看起来不同于其他女人，也不愿意让作家为难，她选择一个人艰难度日。几年后她生下一个男孩，为了生存，她成了一朵美丽的交际花。从此她虽然可以经常碰到作家，可两人却始终像隔着千山万水，哪怕他们后来又有机会一夜缠绵。那时，已经成为女人的女孩几次提醒那个男人，男人对她的存在依然只当是路人甲，甚至是风尘女子。

男人从来都不记得她是谁，等电影的结束，那封长长的信寄到男人手里时，男人对她的印象依旧模糊。她只是那个男人的一夜，而那个男人却成了她的一辈子。

等女人头戴着那朵象征着她全部爱情的白玫瑰，再次从男人家里走出来时，遇到了以前的管家。管家已垂垂老矣，却清楚地记得他们的每一次相逢。当管家停住脚步，用抖索的声音叫道"小姐……"一切才仿佛回到了从前。那时的她依然年轻着、美丽着，未曾千疮百孔。

琵琶声起，幽幽怨怨，诉说着女人的牵肠爱恋。幽怨中也有女人心中的快乐，一起飞扬在北京的胡同里。爱着一个人，总比心中空无一物的好，虽然她留给他的回忆，和他留给她的，根本是不对等的。有人刻骨铭心，有人却浑然不知；有人一生牵挂，有人只是片刻心动。

现在的许多人，怕是早就瞧不起这种执念般的爱情了吧？爱情，更多的成了等价的交换吧？你的财富交换我的美丽，你的才华交换我的温柔，你的爱才能交换我的爱，时间一久，人们或许早就忘了自己当年也那么轻轻地、不出声地爱过谁，没有欲望，不惧世俗的眼光，就那么死心塌地地爱着一个人。

茨威格是最洞悉的，他把人们心中原本该有的执着与浪漫用一个近乎悲剧的故事讲给了人们听。可这真的是悲剧么？当很多人心中的执着早被世俗打败，心像被打了麻醉剂一般只得到了假象的安静，过着麻木又如同行尸走肉般的人生时，这个"陌生女人"就不再是世人眼中一无所有的了。

电影里的女人对爱情是执着的，却又是自尊的，她的爱不需要交换，那是一种久违了的纯粹。她从始至终都希望能用自己的吸引力来让男人爱上自己，不需要怜悯与杂质，也不需要回报。因为她的爱情太过于理想，太过于理想，所以才成了人们眼中的悲剧。

不禁又想起《东京爱情故事》里勇敢又聪明的莉香。当年看这部剧时太小，不懂为什么编剧不让她和完治在一起，她那么傻啊，傻啊，傻呵呵地去爱了，最后却成全了别人。长大后却是懂了些，月圆时不一定就美，月缺时就不一定伤，为爱勇敢，又为爱逃离，只因心中对"纯粹"二字的向往。

有人会说，无论是"陌生女人"还是赤名莉香，是不是如果能再"俗气"一点，或许就可以来个皆大欢喜的大结局了。

我想茨威格是不愿意这么写的，柴门文也不愿意那么画，观众也不愿看到那样的结局。如果这么写了，我们将再也唤醒不了自己内心深处该有的执着与浪漫，就如那个打死都不愿意下船去享受荣华富贵的"1900"一样，还是让我们在物欲横流的世界里，在心里常存一点对情感或信念最真正的浪漫主义吧。

本书讲的，正是情感的故事。

目录 contents

PART 1
谁不曾偷偷注视过某个人的身影

你在北京，我在厦门　　　　　　　003

落在发丝的葡萄花　　　　　　　　009

再见，我曾经爱你　　　　　　　　016

以朋友之名　　　　　　　　　　　023

许我向你看　　　　　　　　　　　030

总是迟到的人　　　　　　　　　　035

我来到三环北路2号　　　　　　　042

终能相遇
愿有趣的灵魂

PART 2
生命中有太多的人擦肩而过

我并不是真的喜欢名牌包	051
世界上,是不是真有那么多的巧遇	058
最美不过初相遇	065
时尚与麻辣烫	072
曾经沧海难为水	080
"烦你"和"Funny"(有趣)	089
嗨,好久不见	096

目录 contents

PART 3
时间，都去哪儿了

如果妈妈不会上网	103
其实父母什么都知道	108
虽然，先知在家乡并不受欢迎	115
爸爸的方向盘	122
胃是不会骗人的	126
时间都去哪儿了	132

终能相遇 愿有趣的灵魂

PART 4
不必彷徨，因为我们都深深爱过

快要消失的绿皮火车	141
暴雨中的机场	149
再见，影子	156
一切为了理想	162
白天也懂夜的黑	167
高速路上凛冽的风	174
婚前不堵车	181

目录 contents

PART 5
世间的相遇皆是久别重逢

再也不会有人给我写那样的信   189

一个像夏天，一个像秋天   195

楼顶上的烧烤聚会   202

谭先生的忘年之交   208

还是让我做你的朋友   216

朋友式合伙人   223

你如此无可救药，我如此爱你   229

十年与一辈子   236

后序：写给自己   241

PART 1

谁不曾偷偷注视过

某个人的身影

人长大了，连暗恋一个人的力气都没有了。有时，或许会因为看了一场伟大的电影，听到一句刻骨的话，心中还是会想起花样年华时一串串脸红心跳的片段。

　　有的人，心里悄悄地恋着一个人，因为自卑而成了一个不敢告诉人的心事。她会假装是无意地把各种"偶然"变成了"巧合"，看到他的名字会心跳加速，会因为同学们打趣而义正词严地否认，更会因为心事被拆穿而面红耳赤。

　　爱一个人是最长久的，长久到直到多年以后提到那个人的名字，依然不可能和听到其他人的名字一般淡然。尽管已经不再奢望，尽管已经让时间冲刷了当年的痴迷。暗恋过，你的人生开始完整与美好，你有了自己的秘密，你的回忆从此不再空白。

　　谁又不曾躲在角落，偷偷地注视过某个人的身影呢？

PART 1
谁不曾偷偷注视过某个人的身影

你在北京，我在厦门

到了高三，除了主课之外任何副课都消失无踪，徐筱雨已经很久没有见过音乐教室那台黑色的钢琴了，就连体育课都成了奢侈品，每次难得被允许上一节体育课，老师和学生全都有一种欠了债的感觉，心里很慌。主课都是两堂连课，老师讲得唾沫星子横飞，同学们却常常昏昏欲睡。

教室里好闷热啊！

这是春节过后开学的第一堂物理课。刚返校时，班主任就提醒大家"节过了，大家该收收心了"。高三（1）班是理科尖子班，偌大的教室里只有45个学生，但却依然给人窒息的感觉。暖气开得很足，同学们却依旧穿得厚厚的，本该是热血青春的年龄，大家却因为久不锻炼，身体素质一个赛一个的弱不禁风。

"筱雨，我觉得我现在除了这几本书，什么都搬不动了。"同桌冬儿用课本掩着嘴，小声地说。

徐筱雨的眼睛正锁定在教室里的某处，看着出神。那个方向坐着的是李想，他此刻正拖着腮帮子疲惫地盯着黑板，看得出来还没睡醒。

徐筱雨看着他的样子不禁笑了。李想的春节综合症还没有好，人在教室，心还在被窝呢。

"筱雨……"冬儿用笔捅了捅她的胳膊，"傻笑什么呢？"

冬儿说着，顺着筱雨的眼光向那个方向看去，瞬间明白了。冬儿诡秘地笑了，依旧用书掩着嘴，说："原来是看你家的李公子呢。"

徐筱雨瞅了冬儿一眼，嫌弃地责怪她："小声点。还有，你说话不要用课本挡着嘴，欲盖弥彰，不如大大方方地和我说，声音小点就行了嘛。"

"好吧，"冬儿把课本从嘴边拿走，"你刚才在看李想，是吧？"

因为冬儿有一些赌气的情绪，声音出来时便比平常的"悄悄话"高了一成。虽然还没有达到震惊四座的效果，方圆一米之内的前后桌们却都听得真真的。

话出口便再收不回。徐筱雨和冬儿双双愣了三秒钟，直到身边的几个同学们都看向她们。然后，同学们都吃吃吃地笑。那笑里全是浓浓的兴奋啊！

"是你让我说话不要用书挡的，不能怪我。"冬儿怕筱雨会责怪她，有点怯生生地说。

徐筱雨却反而淡定了，"算了，说就说了吧。"

徐筱雨喜欢李想的新闻很快就传播开来。无论在哪里，这种八卦逸事是既能流传得广，又能流传得五光十色。于是，很多好事之人对此事有了一种后知后觉的感悟，都认为自己在好久以前便已经看出徐筱雨喜欢李想了，蛛丝马迹，来龙去脉，这样那样……

李想当然也知道了筱雨对他的暗恋，他没动声色。徐筱雨不在乎同学们的打趣，但她很关注的是李想的反应，她甚至做好了最坏的打算，大不了李想也和别人一伙取笑自己一番呗。消息传开的这一个星期，徐筱雨感觉像过了一个世纪，每次走到教室都是低着头，她有意回避李想所在的那个角落，甚至回避所有的角落，眼睛完全长在了地板上。

北方的冬天总是光秃秃，徐筱雨的心也是光秃秃。这几天上课的效率特别差，因为心虚，觉得老师看自己的眼神都不对劲了。

李想的回应迟迟未到，他像个没事人一样依旧如常地上课，有时还忙里偷闲去打打球。等待的时间越长，徐筱雨就越忐忑，她明白了为什么有人总是急着要结果，无论结果是好是坏，都比未知的等待来得痛快淋漓。

班主任却迫不及待地来找她谈话了。

"筱雨，"班主任老师努力配合上一个最合适的表情，严肃中带着慈祥的光辉，"你最近的学习状态很不好，覃老师说有一次叫你答题，叫了两次你才回应，能告诉老师是怎么了吗？"

徐筱雨看着班主任，觉得哭笑不得，明明什么都知道，却还要问个究竟。筱雨知趣地垂着头没说话。

看徐筱雨没说话，班主任的心理还是很满足的，起码她的学生没有撒谎，是她心目中的好学生。班主任清了清喉咙，语重心长地说：

"筱雨，你想考哪所大学呢？"

徐筱雨想了想，回答说："我想去南方上大学。"

班主任笑了，说："南方的好大学很多，中山大学，厦门大学，都不错。可是……"班主任话锋一转，"可是这些大学的好专业分数都不低的。筱雨，现在是高三最关键的时期了，还有不到四个月就要高考了，你最近的这个状态很不妙。当然，老师知道你一定能调整好的，这个时间可千万不能分心啊，否则这三年的辛苦全白费了……"

接下来的谈话都是徐筱雨能想象到的内容，班主任好一番苦口婆心。班主任很温和，起码比她的妈妈更温和，徐筱雨最后狠狠地向班主任保了证，说自己一定不会分心，并且央求她不要把这件事告诉父母。

班主任答应了她。

跟班主任谈话后，筱雨的心理压力释放了不少，她再往教室走时，已经不再觉得周围都是看她的眼光了。

晚上的自习课结束，同学们飞快地收拾起书包走了。教室里只剩下了几个人，其中有李想和徐筱雨。另外几个同学像是商量好一般，神秘地抱团笑着离开教室。

教室里只留下李想，还有红着脸的徐筱雨。后者低着头，正准备往外走，却被李想叫住了。

"徐筱雨！"李想的声音从身后传来。

徐筱雨紧张得要命，一边努力稳定情绪，一边回头，对上一张淡定的男生的脸，"嗯？"

李想突然笑了，笑容是暖色调的，与头顶上白色的日光灯的冷很不同。徐筱雨紧张的心变得轻松。

"你打算考哪所大学？"李想问道，带着18岁的男生特有的阳光。

"厦……厦门大学。"徐筱雨支支吾吾着说。在这之前，她根本没打算想好要考哪所大学，只是因为下午和班主任的谈话曾说到过这个，她才顺口说出了答案。

"听说厦门大学特别漂亮，"李想说，"那么，我们一起考厦门大学吧！"

徐筱雨像是听错了，大大的眼睛望着李想。

"我也很喜欢南方。"李想看着她，很肯定地强调。

"好……好啊。"徐筱雨高兴极了，一直红潮未退的脸更红了，她说了一声"再见"，转身跑了出去。

接下来的日子，徐筱雨浑身充满着劲，每天上学成了最快乐的事，学习成绩也很快就追了上来，甚至，比以前的成绩更好了。

夏天来了，知了来了，高考也来了。徐筱雨怀揣着美好的秘密进了考场。有一个自己喜欢的男生，要和自己考同一所大学，哈哈，天底下不会再有比这更美妙的事情了。

徐筱雨不止一次为自己打气：不能让李想看不起自己！

徐筱雨考得不错。等填报志愿时，徐筱雨毫不犹豫地将第一志愿填给了厦门大学。她一想到此时此刻，有人正和她填报着共同的志愿，就觉得无比快乐。

高考后同学们相约去游玩放松，去了这城市附近一个山清水秀的山上野炊。徐筱雨告诉李想，自己填报了厦门大学。李想先是恭喜她考的成绩很好，还笑着赞美她："我就知道你一定行。"

可是，等入学的通知书纷纷下来，徐筱雨才知道李想并没有报厦门大学。听同学们说，李想听从了父母的建议，报了中国政法大学。

徐筱雨听说过，李想的理想是当律师，但她没想到对方就这么骗了自己。她又羞又恼，觉得自己像个小丑一样被人耍了，于是气得一整个假期都没再出去找同学们玩。

大学的时光也是很快的。

大一时，徐筱雨还沉浸在对李想的想念里，到大二时，徐筱雨终于遇到了另外一个喜欢的男生，并且开始谈起了恋爱。这时，李想才逐渐地从她的心里抹去。谈恋爱的筱雨慢慢开始懂得了爱，她突然明白了李想对她说的那个谎言。她以前一直不愿意承认李想不喜欢自己的事实，编造了各种可能宽慰自己。其实，真相就是那么简单。

筱雨终于领悟了：李想是一个善良的男生，他不喜欢自己，却用一种最温暖的方式，让自己在关键时期没有因为受伤害而影响高考，并且还激发了自己的斗志。

李想多聪明。他知道，筱雨肯定有一天会明白的。

徐筱雨打开那个尘封已久的QQ的头像，郑重其事地输入了一行字：李想，谢谢你。

落在发丝的葡萄花

"你好,你也是要参加培训的吗?"吕楠问坐在他旁边沙发上的陆小米。

面前的这个男生白净的皮肤,利落的短发,还有即使坐在沙发上依旧无法忽视的大长腿。他的笑容像窗外春日的阳光一样暖。陆小米顿时心生好感,她礼貌地回答道:"是的,你好!"

"我是技术中心的,你呢?"吕楠继续问。

"销售部。"陆小米说。

吕楠和陆小米都是被录取后的第一天上班,按公司安排,新员工要一起接受公司文化与产品技术的培训。在另外几个新人还没有到的时候,吕楠与陆小米就这样有一搭没一搭地闲聊着。

培训课程很快开始了。

陆小米不是工科出身,听那些复杂的技术知识犹如听天书,可是公司的要求是每位销售代表都必须对产品知识很熟知，最好能做到三分之一个技术人员的水平。为此，陆小米只好花更多的力气去学习。

每次遇上听不懂的，吕楠和另外几个新人都会向讲师提问题，可是陆小米却从来不敢提。她怕自己问的问题过于幼稚，她怕惹老师侧目，被同事们取笑。

公司给出的首轮培训周期是两周。培训进行到第二周的时候，讲师才告诉他们几个，培训结束后要考核，考核的结果会计到试用期的总体考核内。

一听到要考核，陆小米慌了。她不是"有的不懂"而是"几乎都不懂"，她的笔记本上记下来的培训内容和导师PPT上的完全一致，但也只是一致，她却根本没有消化掉这些知识。就算现在让老师帮她补课，她都不知该如何问起了。

吕楠看出了陆小米的慌张，主动伸出援助之手，"有需要可以找我哦。"

吕楠的笑总是让人感到舒服与放松，陆小米诚实地告诉他："我完全不知所以。"

"可能是与你的专业有关，我就是学这个专业的，时间一长还都要忘干净了呢。"吕楠说，"如果不介意的话，你可以问我。"

陆小米狠狠地点了点头，"太需要了，太需要了。"

"你要自信！"吕楠看着陆小米的眼睛，说，"我听他们说过你的工作经历，很有能力，我看好你哦！"

"谢谢，谢谢。"听到别人的表扬，陆小米很不好意思。

从此，吕楠成了陆小米真正的培训讲师。吕楠可以用最简单易懂的方法讲给陆小米听，同时告诉她，公司让销售代表们学技术，目的是突出产品优势，因为用一些专业的术语说优势的话可信度是最高的。

接下来的几天，自由复习和课间休息都成了陆小米的补课时间。慢慢地，由简入难，陆小米也就入门了。

等培训一结束，几个新人便去各自的部门报到了。公司大，部门多，陆小米和吕楠便很少再有打交道的机会。大家在各自的岗位上按部就班地工作着，培训时谈笑风生的两人一下子变得生疏起来。只是，陆小米把吕楠那句"你要自信"深深地记在心里。

因为，陆小米是不自信的。

"你要自信"，就是一句普普通通的话，甚至听起来像一句心灵鸡汤，听在自卑的人心里却起了强烈的化学作用。陆小米总觉得吕楠是聪明的，他一语道破了自己自卑的内心。

多少次想主动找吕楠打招呼，女生的矜持还是让她没有行动。陆小米这才知道什么是真正的咫尺天涯。时间长了，陆小米居然就在这种偷偷地思念中，自导自演地对吕楠产生了一种特别的情愫。

连陆小米自己都取笑自己说：这还真是自导自演的爱情故事。

一直到三个月的试用期结束，陆小米都没有再和吕楠说过一次话。陆小米甚至有点羡慕起小公司的人际关系来。在小一点的公司，或许大家早就热乎起来了吧？或许连保洁阿姨家有几个孩子、是男是女都知道了吧？

针对销售部的第二次培训马上又到来了，这次是针对销售当中的招标工作，为期两天，地点依旧在顶楼的那个小会议室。陆小米很喜欢那个会议室，因为那里紧连着公司天台上那片小小的花园，花园里有陆小米最喜欢的葡萄树。

主讲商务技巧的是销售部的杜经理，部门所有的同事都要参加。大家围坐在会议室大大的红木桌子旁，时不时谈笑风生，气氛很活跃。

门突然打开，吕楠出现在门口。所有的人朝门口望去，杜经理停下了讲课，微笑着问："请问……"

有人提醒杜经理："好像是技术部的同事。"

杜经理看着吕楠，等着他的回答。吕楠飞快地瞥了陆小米一眼，又看向杜经理，说："我来找我们欧阳部长，我以为……他在这里开会呢。"

杜经理告诉吕楠："没有见到他啊，我们一直都在这里培训……你看一下别的会议室有没有？"

吕楠谢过杜经理后，掩门离开。

陆小米却记下了那飞快的一眼对视。她总觉得，吕楠其实是来找她的。

课间休息，同事们抽空跑到楼下去忙业务了，陆小米手头也有事，也跟着下楼。路过天台上那个小花园时，她看到了吕楠在那里。

不知从哪里来的勇气，陆小米转移了方向，向天台花园走过去。

葡萄架下，清风徐徐，陆小米的及膝纱裙随风摇曳。

"我好像应该坐在椅子上。"陆小米发现裙子已经接近走光的边缘，不住地拿手压着。

"好像坐下也不解决问题。"吕楠觉得慌乱的陆小米很有趣。

陆小米不好意思地笑笑，用手捋捋被风吹散的头发，对吕楠说："你就向上看好了。"

向上看，头顶上的葡萄架上，不起眼的葡萄花已经枯萎，白白小小的，像干掉的满天星。吕楠这才知道原来葡萄也是有花的，他从小在城市长大，从来没见过葡萄花，甚至，从没有听说过葡萄也有花。

一阵劲风，陆小米的双手更不够用了，使劲地压着飞扬的裙子。视线好不容易从裙子往上移，却发现吕楠的一只手已经伸过来，把吹落在小米头发里的葡萄花一个个捡去。

"你们部门最近好像都没怎么出差啊？"吕楠就那么自然地说着，仿佛他双手触碰陆小米的发丝并不是什么特别的举动。可是，陆小米却紧张得快要忘记了自己快要飞跑了的裙子。

"嗯，最近准备培训，经理希望大家都在，所以都没有安排出差……"陆小米本能地转移话题，"你还好吧？"

"我们不是天天都见面吗？"吕楠依旧为她挑落在头发里的葡萄花。

陆小米也觉得自己的问题相当可笑。或许认识吕楠的这短短的三个月，在她的心里早已是千山万水了。

"嗯，要说我能过了试用期，还得感谢你呢。"陆小米都不知道该说什么了，不自觉地说起了客套话，"要不要我请你吃饭？"

你答应啊，答应啊！千万不要拒绝我！陆小米难得这么主动示意，她太怕被拒绝，心"扑通扑通"跳。

但吕楠还是拒绝了："不用啦！"

事后陆小米才醒悟过来，自己说想要请客时的语境，实在是太像客套了，好像真的是要感谢人家一样。可当时的陆小米自尊心还是占据了上风，她羞赧地说："那么，你又为我省了一顿饭钱。"

头几乎都要低到水泥地里了。

糟糕的对话!

"小米,"吕楠问她,"你打算一直留在上海吗?"

陆小米使劲地点了点头,这一点她异常坚定。

吕楠有些郁郁地说:"我家人一直想让我回家乡当个公务员,四处奔走。我爸爸身体不好,我怕我到时候拒绝不了他们。"

"他们不愿意跟你来上海么?"陆小米的这句话,是用急切的语气问的。她急于想知道答案。

"爸妈的思想比较固执。"吕楠一副暗伤的神情,嘴角还挂着一个勉强挤出的笑。

以他们那时的关系,陆小米还说不出"我愿意陪你回家乡"这类的话来,也不敢说让他留下。她只是喜欢他,而他对她是什么情感,陆小米根本不知道。

有的人太过于矜持,所以总是会错过那个本不该错过的人。

陆小米恨自己的不勇敢。

只是那天的画面,却深深印在陆小米的脑海里,陆小米从没有经历过比那个更唯美的场景了。四周是被风吹落的簌簌葡萄花,一个高大帅气的男生轻轻地为她把头发里的花朵挑出来,两个人就那么轻声地聊着天。镜头拉远,阳光照射下两个颀长的身影。

后来的日子依旧如从前,只是稍稍比以往更熟络些。一年以后,吕楠真的辞职了,他回到了家乡的城市,做了一个公务员。空间距离远了,两人反而可以借网络频频联系,关系倒更近了些。吕楠成了陆小米唯一可以倾吐心事的异性朋友,他们很懂对方想的是什么,要的是什么。

但是谁都不言爱。

后来，陆小米知道吕楠的父亲做了手术，他天天去医院陪床；她还知道他经常去游泳或打羽毛球，释放压力；后来，他找了一个女朋友，听吕楠说是他父母的朋友家的女儿，而且快要结婚了。

陆小米听了后心里酸酸的。

她从来都没有告诉过他，她的心里有过他，并且感谢他给了她那么美的一个回忆。她知道既然大家都没有选择勇敢，再言承诺就多此一举。

爱情里该不该矜持，是一件该好好衡量的事。如果成不了情人，就这样淡淡地做朋友，也挺好的。

再见，我曾经爱你

叶子骞身边总是有那么多的女孩，多得让人生气。打个篮球而已，就有那么多女生为他递饮料，送毛巾，还有女生穿着紧身的运动衣，上身裹得鼓鼓的，裙子短得连腰都不能弯。

篮球场上男生那么多，只有个别男生才有如此待遇，这使得其他男生看叶子骞的眼神都怪怪的，全是男人之间那种不意言表的醋味。凌雪暗自嘲笑那帮女生的幼稚，然后……把手中原本为叶子骞准备好的红牛，用一股狠劲打开，咕咚咚地灌到了自己嘴里。

作为叶子骞的追随者……之一，怎么可能用种毫不新鲜的招数呢？

凌雪向身边的小伙伴乔安妮说："真不懂这些女生的眼光，这个叶子骞有什么好？这是在运动场，还有人穿那么性感的运动衣，难道这也是战略战术吗？"

"叶子骞很帅哎！"乔安妮不太懂为什么凌雪那么不喜欢叶子骞，

神经大条的她硬是没有看出凌雪的口是心非来。乔安妮也是叶子骞的仰慕者……之一。

凌雪不以为然，"除了帅他还有什么啊？长得帅的都挺花心的。"这句话脱口而出后，连凌雪自己都觉得这是一句谬论，好像长得难看的就都专一似的。

凌雪发现，她其实是想在乔安妮面前说说叶子骞的坏话，然后让她知难而退，这样，她凌雪起码就少了一个对手。女人心海底针，凌雪，何其用心良苦啊你？

乔安妮自然不上当，嘟着嘴说："帅的花心总比丑的花心好，起码看着赏心悦目嘛！小雪，你说，叶子骞十年之后会不会长残？他会不会……"

"我哪知道啊？他长不长残关我什么事啊？"凌雪灌完了最后一滴红牛，有点气呼呼地走了。一边走一边还碎碎念着："所有广告全是误导人类的。渴了喝红牛是对的，困了累了……就该回宿舍睡觉嘛，还喝什么喝？"

乔安妮望着凌雪远去的身影，实在想不通叶子骞到底多招她的这位死党恨，才让她一提到他就烦成这样。乔安妮不得要领，无奈地感叹道："人家说闺密总是会喜欢上同一个男人，我和凌雪的审美怎么就差这么多呢？还有，凌雪这火爆脾气，真的和她的名字太不相衬了。"

凌雪回到宿舍，将自己摔倒在床上，心猿意马无法入眠。她把枕头下藏着的一支米奇头像的圆珠笔拿出来，左看右看。这支笔是叶子骞去美国旅游时从迪士尼带回来的，他给吉他社的每一个会员都送了一支。凌雪加入吉他社完全是为了叶子骞，为此还走了后门。其实她根本没有音乐细胞，对乐器更是毫无天赋，加入吉他社的几个月，凌雪的吉他还是弹得像要送人上刑场似的。

随着叶子骞的吉他社人越来越多，凌雪便退出了。

"凌雪……"好像舍友回来了。

凌雪飞速把圆珠笔塞到枕头下，"哗"的一声拉上了床帷布，假装睡死了。

舍友进屋，看她睡得正香，转身走了。

浑浑噩噩的一觉。凌雪不知自己睡了几个钟头，醒来后外面的天已经全黑，宿舍里依旧空无一人，寂静得有些不正常。摸到手机，屏幕骤亮，眼睛有些刺痛。

已经是晚上七点，宿舍里这帮小妮子都去哪儿了呢？

凌雪很少见过宿舍如此安静，居然一时之间有了种被世界遗忘的感觉，连乔安妮那小妮子都没有回来找她，不会是因为下午在操场上自己的那段发飙惹她生气了吧？不会不会，她们俩是铁腿子，天天你死我活地互相掐着，只有越掐越热乎，没有掐断的可能。

只是……这中间还牵扯着一个叶子骞。

叶子骞?!

凌雪想到他，顿时把乔安妮抛到了九霄云外，一个鲤鱼打挺坐起身，头一下子便撞到了上床的床板上。

"哎哟……"凌雪觉得自己今天真是点背极了。不过，不要紧。看看还有时间，凌雪把为叶子骞准备的礼物从床头拿出来，是一本书。

这是一个NBA球星的自传。球员来凌雪所在的城市做演讲，但演讲的地点是另外一所更知名的大学。凌雪听闻消息欣喜若狂，因为她知道叶子骞很喜欢这位球星，而且在另外一所大学演讲岂不是更好？那样就不会有人目睹她挤破脑袋要签名的狼狈相了，也不会看穿她对叶子骞的狼子野心了。

凌雪带着那支米奇头像的圆珠笔，去那所大学听演讲。因为球员人气过于火爆，凌雪求爷爷告奶奶，最后通过一个在该大学念书的、目前混到学生会主席的某高中同学才得以进入大礼堂。

演讲完毕，学生们排着长长的队伍等着球员签名。球员遗憾地告诉大家，最多只能签半个小时了，因为还有一个电视台的录影。此言一出，大礼堂顿时陷入了米骚动一般的混乱，刚刚还斯文的大学生们不顾一切地推搡挤踩，人人都向着半个小时内的人选冲刺。

凌雪在牺牲了一只鞋、头发全乱、衣服扣子被撕落两个的情况下，终于拿到了球员的签名。签名时，凌雪拿着那只圆珠笔，告诉球员说："用这支笔签吧。谢谢。"

爱情的力量，有时真的很伟大。

此刻，凌雪拿着那本宝贵的书，向叶子骞宿舍楼的方向走去。她打算今天一定要把这本书送出去，不管什么结局。

乔安妮，你要是知道了我原来也喜欢叶子骞，是会笑话我还是狠狠地恨我呢？

凌雪路过校园里一片小花园的时候，发现远处单杠上有个人正在做引体向上。光线暗暗的，身形却那么像叶子骞。不会错，是叶子骞！凌雪早把他的样子在心里描摹过千百遍。

凌雪轻轻地走过去，确认了是叶子骞之后，便悄悄地站在单杠旁，静静地看着他。

"怎么,你也要送我礼物?"叶子骞骄傲的声音在耳边响起。

"是的!"凌雪回答。

"不是饮料就行,"叶子骞依旧在单杠上吊着,"今天喝饮料喝得都快血糖升高了。"

凌雪听着叶子骞又冷又傲的言辞,有点不舒服。纵然那些女生是没创意了点,可她们毕竟是你的"粉丝",不需要这么看轻自己的"粉丝"吧?

想到这里,凌雪倒不觉得在他面前低人一等了,她不卑不亢地说:"嘿,骄傲的校草,我是来还礼的。"

叶子骞从单杠上跳下来,走到凌雪旁边,问:"还什么礼?"

凌雪说:"你上次送了我一支可爱的圆珠笔,礼尚往来嘛,我要还了你的礼才安心。"

"那支笔啊?哈哈,亏你还当回事,我看好多人都早已扔了吧?"叶子骞不屑地笑笑。

"我没有扔,"凌雪说,"我很喜欢米奇,那支笔正得我意。所以,我也要送你一件能得你意的礼物。"说着,凌雪把那本书拿出来,借着微亮的月色,正面朝上递给他,"喂,你的偶像的书,还有他的签名。"

"签名?不会是冒牌的吧?"

"你以为我那么没品啊?怎么样,惊喜吧?比你身边那些莺莺燕燕们送的礼物有品位吧?而且我还在这么私下的场和送,又不为你树敌,多么善解人意!"

"原来你一直在观察我,"叶子骞的脸,似笑非笑,充满着揶揄,

"不过想想也是，好像我出现的地方，不远处都能看到你哦。"

刚刚还很嚣张的凌雪一下子便没气势了，她终于知道自己的演技其实很拙劣，至少没有瞒过男主角的眼睛。凌雪听过一种说法，说喜欢一个人的微妙感觉是不会骗人的，能骗人的只有语言。所以对方对你释放的信号一定是完全知晓的，骗人的只有是装傻。

凌雪现在信了。

叶子骞拿起那签名的书，翻了翻，然后告诉凌雪："这本书我已经收到第三次了，呵呵。说实话，其实我并不喜欢这个球星。"

"那算了。"凌雪伸手，试图把书夺过来。

叶子骞没让她得逞，接着解释说："我只是随便说说，大家就误会了。我并不喜欢这个球星，而是喜欢他的对手。不过这没什么好向人解释的，关于我的谣言多着呢，哪能解释得过来？"

"矫情！"凌雪不屑地说，"我看你挺享受这种明星般的感觉的，真是众星捧月把你捧坏了。行了，既然不喜欢就还给我吧，我喜欢！而且，这可是我难得地当了一回泼妇才抢回来的。"

说完，凌雪硬是抢回了这本书，转身走人。她喜欢他，但她无法赞同他的高傲。

"凌雪，"叶子骞叫住她，"我现在不想被众星捧了，你能帮我个忙吗？"

"怎么帮？"凌雪顿足，转身问道。

"做我的女朋友。"叶子骞笑着看她，他以为她是一定不会拒绝的，"这样，其他人就会知难而退。"。

可是，凌雪拒绝了。

"算了,我不想当众矢之的,更不想就这么开始我的初恋,初恋是很神圣的。你还是当你的明星吧!"

凌雪冲他笑笑,转身走了。这一次,步伐无比轻松。

暗恋,有时会从希冀开始,失望告终。很多时候你爱的只是他的光芒或是他的影子,等到接近了,你才会发现一切都不是你想象的那样。可是,很多人却会因暗恋而蒙住双眼。

幸好,凌雪知道自己的内心,还有尊严。

以朋友之名

这世界上，到底有多少人，以朋友的名义爱着一个人？

舒月与丁松榆的友情，已经持续了十年之久。

舒月和丁松榆是校友，同校不同系，两人在校园招聘会上被同一家公司签下，毕业后便成了同事。有了校友这层关系，在新公司里，舒月自然是先和丁松榆熟络起来，时间一长，舒月对丁松榆产生了一种特别的情愫。

丁松榆是校园才子，是大多数女生见了都容易一见倾心的那种男生，自由随性，才华横溢。舒月在大学时就听说过他，还知道他有一个漂亮的女朋友，两人郎才女貌羡煞旁人。后来，丁松榆有时候会约女朋友和舒月一起吃饭，在三人的饭局上，舒月完全是个多余的人，是个超级无敌大灯泡。

丁松榆的女朋友是个娇滴滴的女孩子，十指不沾阳春水，一生奉行爱情至上。她很黏丁松榆，吃个饭，也要和丁松榆深情对望至少十次，甜言蜜语夹攻至少二十次。但她好多的语言只是一些无谓的重复，词汇贫乏，听多了就成了催眠剂。

因为她，舒月才开始意识到谈恋爱也是需要有点文采的，如果天天听一些空洞无味的话，时间一长，也会觉得厌烦吧？

慢慢地，舒月也就不参加这样的三人饭局了。

很快，舒月也认识了一个不错的男孩，学画画的。两人相约看了几次高雅艺术展，就确定恋爱关系了。就在舒月打算全身心放下丁松榆，好好地谈个恋爱的时候，丁松榆和那女孩分手了。

舒月顿时感叹造化弄人。

"舒月，你不打算带我去见见你的男朋友吗？让我帮你把把关！"终于有一天，丁松榆提出要求了。

"行啊，我和他说一下，定好时间后告诉你。"舒月满口同意。不过，总是觉得有点不对劲，舒月想了想，问："那我怎么介绍你呢？你是我的谁？"

对啊，你是我的谁？

丁松榆满不在乎，说："就说是男闺密吧。"

可是，当舒月和男朋友商量这件事的时候，那个艺术男却很不乐意。他说他专心艺术，不太喜欢和人打交道；他说他喜欢约会时就两个人，多一个人算是怎么回事？他说万一没有共同话题，这顿饭该多尴尬；他还"开玩笑"地说，男闺密，蓝颜知己，蓝着蓝着就绿了；他还说……

反正就是一千个不同意。

舒月不知道该怎么和丁松榆说，难以开口，就谎称她男朋友在外地出差、工作很忙、家里有事等。几次下来，丁松榆便挖苦起舒月了："怎么，做不了男人的主？"

舒月无言以对。

丁松榆唯恐天下不乱，煽风点火地说："此男甚是小气！由此可见，他是一个控制欲极强的人。首先他不尊重你的圈子，其次他不信任你的人格，还有，他并不是真的自信，特别怕他自己过不了我这关。如果不出意外，不久的将来，你的世界就只剩下一个他了，唯他独尊，并且还要你天天敬仰他。呵呵，艺术男嘛！"

舒月被他呛得又气又笑，"看你俩这水火不相容的，我更不敢让你们见面了。"

所以，艺术男和丁松榆就没有见过面。

舒月和艺术男谈恋爱的初期，还觉得一切都很新鲜，慢慢地也就索然无味了。艺术男觉得一切都很俗。舒月在遇见他之前，也觉得很多东西都很俗，但跟艺术男一比，她觉得自己就是很俗了。在艺术男面前，舒月连买件衣服都不自信，生怕某件衣服刚穿上身，就被艺术男批判得体无完肤。

其实真的雅，又何曾将人与物分为三六九等呢？俗雅之间的区分是什么？

舒月从此远离了KTV、酒吧，甚至逛商场，成天泡在图书馆和各类艺术中心里，半年内看过的展览不下二十个，连陶瓷展和印染布艺展都看过了。在艺术男说要带她去云南看亿年化石展览的时候，舒月向他提出了分手。

"我这辈子就是一个俗人，我们算了吧。"

艺术男毫不留情地说："我也觉得是，总是教不会你一些东西。"

舒月无奈，也不再解释什么。既然已经要分手了，那再多的话都只是废话。舒月把自己这大半年里买过的所有关于绘画雕塑音乐创意等艺术类的书籍通通送给了艺术男，不料人家不领情，没有收，只是淡淡地说："你自己留着吧，这些书里的东西都没有什么含金量，我们学绘画的人都不会买的。"

舒月气得差点吐血，最后把书又搬回了自己的家。

舒月分手后的第一件事，就是找丁松榆去灌酒。好歹是场恋爱，总是有伤有痛的。可是丁松榆却说他没空，因为……

"哥哥我正约会呢，正在谈论莫奈，特长见识……咦？你们掰了？早该掰了，可怜你还浪费这么多的时间。"

约会，也谈起了艺术，恋爱人惯用的话题。

舒月发现朋友和同事都不少，但真的一个电话就能叫出来陪自己去疯的人，想来想去还真的只有丁松榆一个。有的人，你连向他展示自己真实一面的心思都不会有，你的真实只会换来他们的耻笑。所以，舒月一心想买醉的心情却落了空，失落得更是不知道该如何打发这难过的光阴了。

舒月自己吃了顿大餐，要了瓶挺贵的红酒，喝了。不仅不过瘾，结账的时候还心疼了一下。知道价钱，说明她还能在理智当中，尚且有救，没有伤得死去活来。借着酒意打了个车回家，倒头便睡了。

夜里十一点多的时候，门急促地响起来。舒月正昏昏沉沉地睡着，睡梦中仿佛听到有人锯木头的声音，吱吱吱，吱吱吱，过了好久。混沌中，舒月睁开眼，才听到原来是有人敲门。

舒月顶着胀痛的脑袋去开门，早忘记了此刻已是半夜三更，这种突兀的敲门声代表着危险。还好，门外站着的，是意气风发的丁松榆，两只手里各拿一瓶酒。

"我以为你开煤气自杀了呢。"丁松榆为自己在门外站了很久而不满，开口就责怪。

"是你啊……你约完会了？"舒月也没好气。

"是啊，为了你，我连今晚千金的春宵都放弃了。你家有酒杯吗？"

舒月把一大一小两只不同的玻璃杯放到他的面前，"刚摔了两只，以追忆一下我逝去的爱情，就剩两个杯子了，凑合用吧。"

舒月问："你什么时候又谈的恋爱啊，我怎么不知道？"

丁松榆笑笑，"一个月。"

"晕！一个月了我居然不知道！"舒月呜呜呜地哭起来，"你还当我是朋友吗？你居然不告诉我，你居然不告诉我……"连舒月自己都不知道，自己到底在哭什么。是因为失恋了，还是因为失恋了，还是真的只是因为对方谈恋爱了没告诉自己。

丁松榆急得一个劲向她道歉："我想稳定了再告诉你嘛，不好意思啊！"

那现在是稳定了吗？呜呜呜。

那天晚上喝累了，一个床上，一个地毯上，谁都没有挑逗谁。

后来，丁松榆依旧像以前一样，把新女朋友介绍给舒月认识。那女孩是艺校毕业的，人挺漂亮，但对舒月有种天生的敌意，舒月感觉到气场不对后，就再也不参加他们的聚会了。

后来，那个女孩开始给舒月物色男朋友，从美发师到外企高管，应有尽有。她极力地想让舒月谈恋爱，那样，舒月就可以离丁松榆远一点了。因为她总是给舒月介绍对象，丁松榆还和她大吵了一架。

再后来，舒月还是被一个文质彬彬的工科男的诚意所打动，答应和他试着交往看看。这一试，就是三个月，从冬天到春天，万物都生长了，爱情还是进展很慢。舒月很不喜欢听那个工科男的冷笑话。

和工科男的爱情如同喝白开水，没什么滋味，也挑不出毛病。那个秋天，舒月和工科男的关系终于上了一层楼，起码可以牵着小手亲个小嘴了。

这时候，丁松榆却又失恋了。

舒月给丁松榆打了一个电话，质问他："丁松榆，你以后有了分手的前兆时，可不可以提前说一声？"

丁松榆一时不得要领，"为什么？"

舒月恶狠狠地说："不为什么，姐姐我得抽出时间来陪你喝酒啊。"

丁松榆心头一热，转而又揶揄道："你最近正热恋了吧？"

舒月没说话。

丁松榆接着说："这一次，可以让我给把关了吧？"

"把你个头！"舒月挂了电话。

舒月不曾发现，不知道什么时候起，自己已是泪流满面。

舒月不止一次感叹过造化弄人，丁松榆有女朋友的时候，自己单身；她有男朋友的时候，对方就会刚刚失恋；原本以为没有结果的暗恋，在突然给了你一丝希望的时候，希望又马上破灭，如此反复，反复，反复，就像中了魔咒。

舒月问自己：你就不能等待一下吗？

丁松榆也问过自己：你就不能等待一下吗？

舒月和工科男的爱情持续到冬天，然后就分手了。工科男想结婚，早规划好了婚后的一切。舒月实在没法将自己的一生交给一个连对他动情都很难的男人，于是就和平分手了。

只是这一次，丁松榆在原地等着她。

"这男人只要生活，不要爱情，他能给你一个安稳的生活，但一辈子都不会让你燃烧一次，你俩根本不是一个世界的人。喵，让我说中了吧，就知道你们长不了。"丁松榆不怀好意地分析道。

"行了，少废话！不如还是咱俩凑合凑合算了吧！"舒月说。

"我看行，完全行！"

许我向你看

绿萝已经很久没有再笑过了。

绿萝名叫陆萝,绿萝是同学们给起的外号,也不知道是不是绿萝的奶奶实在太爱这种植物了,家里处处是绿萝不说,水培的、土培的,个个开得茂盛,而且,陆萝出生的时候,读过几年书的奶奶坚持要用"萝"字,青青翠翠的多好啊。于是陆萝的名字便应运而生。

奶奶说:"你看绿萝生命力多强啊!随便剪一枝插在水里,很快就会长出根,一年以后就长得很茂盛了,叶子青翠翠的,水灵灵的,放在哪里都好看。上次你姑姑剪了几枝要带回家去,拿个大塑料袋拎着在外面逛了一天,晚上回去就洗澡睡觉了,直到第二天下午才想起来把绿萝放水里,嗨!绿萝都没有死,还是绿油油的。"

绿萝想,奶奶虽然文化不高,品位倒不俗呢,闲谈中就看到了她老人家的大智慧了。"萝"字总比"花"啊"莲"啊的好,虽然都是

"艹"字辈的，但听起来却雅致多了。

可现实是，绿萝并没有那么强的生命力。绿萝都忘了自己因为自卑而哭过几次了，每次都不想自己那么没出息，但每次都控制不住。绿萝的情绪属于一触即发的，只要有哭的迹象，就不可能再收住了。

有一次，学校组织健身舞大赛，绿萝的班级选择了难度较高的健身球舞，在排练的过程中，毫无舞蹈天分的绿萝便当众出丑了。

当时教练要求大家后背躺在健身球上，大腿与后背形成九十度角，就这个简单的动作，班里其他女生都做到了，只有绿萝没做到。她的背往健身球上一靠，腿就没力支撑了，整个人就像躺在健身球上一样，骨碌碌地被带着滚出去好远，最后还一头栽到了地上。

同学们哄堂大笑，远处正在排练红军舞的男同学笑得最大声。女生们尚且仁慈，纷纷跑过去扶她。这一扶，绿萝更觉得自己丢了丑，坐在地上哇哇大哭了起来。

"绿萝，大家是开玩笑的，不是有意的。"同学们慌了，赶紧安慰她。只是绿萝哭得更大声了，眼泪哗哗地向外流，就像开了闸的水龙头。这一哭，女同学们全都手足无措。

"这么大的人了还哭鼻子，不觉得丢人啊？"一个声音传来，是教练的声音。

绿萝抬起一张沾满鼻涕和眼泪的脸，望着居高临下的教练，气不打一处来："我差点就摔成残废了，不能哭吗？你天生就是个肌肉棒子，可我不是天生的舞蹈家！"

教练从鼻子里哼出一个冷笑，"那么，头摔坏了没有啊？"

绿萝没理他，但也停止了哭泣。女同学们扶她起来，也纷纷问她脑袋有没有事，绿萝摇摇头说没有什么。教练问："还能继续吗？"

因为刚才这次不小的打击，绿萝不敢再尝试了，拼命地摇摇头，"我想先休息一会儿。"

教练说："那好，不过，队伍可能就要缺一个角喽。"

一句话说得绿萝脸红。绿萝还是有集体意识的，她不能因为自己而拖延了排练的进度，于是红着脸说："我还能坚持。"

教练哈哈笑了，"那我重点关照你。"

排练结束后，同学们都走了，绿萝主动要求留下来再练一会儿。教练为了帮她，也多留了一会儿。

"教练，我真羡慕你。"

"羡慕我什么？"

绿萝说："羡慕你们有运动天赋的人，体型体态都那么好。我什么动作都做不到位，我担心会给班级拖后腿。"

教练伸出食指在绿萝面前摇了摇，"NO、NO、NO，你可说错了。你以为我天生就是教练啊？"

绿萝不解地问："不然呢？"

教练笑笑，说："我还是个在校大学生呢，当健身教练只是业余爱好。你一定不会相信，我小时候的身体素质差的，几次都差点见上帝了。出生就在保温箱，医生还跟我妈说我是天生的脑缺陷呢。小学体育课没法上，中学校运动会不参加，大家公认的小鸡崽儿。可我就不信邪，我就自己练左右脑，一手画圆一手画三角形练平衡感。我还开始做运动，健身房里去得最勤快的就是我了。后来，就还跟着人家跳跳舞，舞蹈也是能锻炼人平衡感的。你看，我现在都可以当健身教练了。"

绿萝看着他挺拔的身材，穿衣显瘦，脱衣有肉，标准美男的身型，不禁暗暗赞叹。

"所以，你有什么可自暴自弃的呢？来吧，我让你不出两天就让同学们惊艳！"

重新捡回了自信的绿萝燃起了斗志，一步步跟着教练做动作。在教练的带领下，她很快就能平平稳稳地躺在健身球上了，身体形成了完美的九十度，并且，可以在上面做好多动作，还不用担心被滚走。

不知不觉已经过去两个小时，绿萝很不好意思拖了这长久，连连道歉："教练，我的零花钱不多，我，我请你吃顿麻辣烫吧。"

教练哈哈大笑，"不用啦，谢谢。我还要回学校上自习呢。"

绿萝越来越爱去排练室了，这成了她学习之外唯一的娱乐。只是健身舞大赛很快就到，比赛一完，绿萝就再也没有理由去找教练了。一想到这里，绿萝就很失落。

绿萝的班级成绩还不错，二等奖，比这成绩更欣喜的是绿萝全程都没有出错，只有出彩。对绿萝来说，她能克服心理障碍，脸上能扬起自信的微笑，不再惧怕他人的眼光，就是最可贵的了，至于她的舞蹈能打多少分，她已经不是那么在乎。

赛后，绿萝几次假装走到排练室的附近，最后还是默默走开。她很想去和教练说声感谢，但又觉得没有必要，或许人家只是尽一个教练本身的责任罢了，自己这么郑重其事做什么呢。

绿萝想，有的人无意当中的一句话就可以改变了别人的一生，或好或坏，所以还是要谨言慎行。就像教练，他只是尽本分，给自己说了一些鼓励的话，他自己或许早都忘记了这段小插曲。可对绿萝而言，却成了她生命中最重要的拐点。

后来，绿萝就不那么爱哭鼻子了，走路都是昂着头，而不是像以前一样看着地面。高考结束，绿萝考上了一所一本大学。尽管不是名字震天响的重点，但对绿萝而言已经很满意了。她以前从未想到自己能考上一本。

绿萝经常会想起教练，但却再也没有过他的消息。高中同学聚会时，有位女同学无意中聊到了教练，说她成了教练的学妹，但教练已经毕业了。女同学说，他们大学的健身馆里贴着几张健身达人的照片，其中就有教练的。

绿萝听了很兴奋，追着女同学问："是不是作为励志案例来教导学生们啊？说他小时候多么体弱多病，通过锻炼让身体棒起来，最终还成了健身达人？"

女同学说："不是啊。我看过他的简历，说他从小就很有运动天分，初中时还得到什么中学生长跑比赛的冠军，一直都是很厉害来着。"

绿萝傻眼，半天说不出话来，然后，热泪盈眶。

总是迟到的人

多多隔着办公室隐隐约约的磨砂玻璃墙向外望去,姜恩正在门口打卡,背上依旧是那个黑色的双肩包。打完卡的姜恩也发现了多多的注视,送给她一个微笑。

多多笑得无比深情款款。

这是每天早上的必修课。多多为了能享受姜恩和她心有灵犀的这一刹那,天天比姜恩早到一点点。姜恩每天到公司的时间、坐几号线地铁、从这个大厦的哪个门进,多多了如指掌。

姜恩其实并没有表现出对多多有多大的意思,但多多就一厢情愿地以为姜恩对自己有特别的情愫了,就算不是喜欢,对她和其他的同事肯定也是不一样的。多多特别享受这种暧昧的感觉。

"你天天来得好早。"路过多多的办公室,姜恩主动打招呼。

"我坐的那班地铁时间是卡死的,赶不上前面一趟,坐后面一趟就会有点晚了，所以……"多多的话有点太长了，还没有说完姜恩已经走了过去。人家只是一个客套的问候，多多就那么认真地解释了。看着姜恩走远，多多稍稍有点沮丧，不过她觉得姜恩只是在同事面前不方便多说，才不敢多驻足的。于是很快释然。

可同事们眼中，姜恩是和另外一位女孩子走得比较近，出双入对的，早成了大家眼中默认的情侣。只是姜恩从不承认，那女孩也不承认，只说是铁打的好哥们儿。

多多从来不信邪，她从来不相信姜恩会真的喜欢那个女孩。如果喜欢，为什么不公开关系呢？

人们说恋爱中的女人最美丽，其实心有暗恋的女人才最美丽。为了吸引心上人的目光，竭尽所能地让自己更精致、更漂亮、更无懈可击，是人一生中难得几次燃烧的时光。

MSN上跳出来的信息，让多多兴奋得差点喊出来。

"我记得你喜欢迈克尔·杰克逊？"是姜恩发来的信息。

多多在电脑屏幕前拼命点头，然后用手敲出一串文字："是的，很喜欢他。年初的时候他还说要开世界巡回演唱会呢，我都预备好砸锅卖铁也要去看他的顶级的演唱会。可惜，看不成了。"

那一年6月，迈克尔刚刚去世，留下全球各地不计其数的伤心歌迷，多多就是其中一个。

"纪念电影出来了，《This is it》，一起去看？"姜恩的话明显简洁些，多多在他面前算是话痨一枚。尽管多多一再地告诫自己：矜持点，再矜持点，男人都喜欢安静少话的。可她一见到姜恩就全忘了，每次都想把自己积压太久的话一股脑儿地告诉对方。

"好啊。那么,你买票还是我买票?"多多说完,又一次痛恨了自己的不矜持。

"我今天有点忙,你买吧,你在网上订好了,我支付。"姜恩打完这句话,又发过来一个"再见"的聊天表情,便下线了。

多多心里多少有点别扭:男生约女生不该都是主动买票吗?居然还让自己代劳,一点都不重视这场"约会"的样子!虽说他承诺要请客,可多多哪好意思真的让他请?自己都在网上看好票了,怎么好意思让他支付嘛?

算了算了。

在订票网上看票时,多多为时间犯了愁,她不知道该买几点的。她在 MSN 上给姜恩留言,问他时间,但过了很久都没有收到回复。

明明看到他在办公桌前坐着,难道没有看到我的信息?多多又一次为姜恩找了台阶下:他说过的,他一定很忙,很忙很忙,已经关了 MSN 了。

其实世界上哪有那么多收不到的信息,接不到的电话,看不到的留言,只有对方愿不愿意看见的问题。那时的多多还不懂,后来多多懂了。懂了这一点,就不会再轻易地撕裂自己的尊严,哪怕在爱情面前。

多多还是开心地买了票,并把相关信息发给了姜恩。直到下午,才收到姜恩一个简单的回复:"OK,晚上见!"

电影已经开始了半个多小时,姜恩依旧没有到。多多发了几次信息给他,他都说还在忙,下班时接了个任务,走不开了。所以,这场电影，多多和姜恩只共同观赏了后半个小时。电影一结束，姜恩又回到公司加班，剩下多多在电影院门口干瞪眼。

多多脑海中曾想象过的无数个浪漫的事情，一件都没有发生。她本来想着借这次"约会"而将两人关系更上一层楼呢，结果一切如昨。

童话里都是骗人的，多多悻悻地想。

可惜，爱情就是那么容易让人卑微到尘埃里，暗恋，更是将自己硬生生地放在一个被动地位。暗恋者通常都有记吃不记打的毛病。谁让你喜欢人家呢？

多多就是不愿意承认一点：男人若喜欢一个女人不该是这个样子的。

在公司的圣诞派对上，姜恩唱了一首王力宏的歌《我们的歌》，多多听得涕泪交加。因为多多曾告诉过姜恩，她喜欢王力宏的这首歌，没想到他真的记在心里了。姜恩唱得很好，还时不时装作不经意地看向多多，没有人发现他们之间的交流。多多很兴奋，这种不被人发现的暗潮汹涌实在太刺激了，自己仿若故事中的女主角啊。

没有人察觉两人的暧昧。多多那时候突然想到，公司里像她和姜恩一样发展暧昧情愫的人，一定很多。

姜恩终于又要请多多看电影了，是年末大热的《阿凡达》，这次是他买的票，时间是深夜十点半。但这并不是姜恩有意为之，主要还是因为电影太火了，早些时间的票压根儿就买不到，只有深夜或是午夜场了。多多当然不介意，她私心想着，越晚越好。

姜恩又一次姗姗来迟，多多不懂他为什么总是迟到。男人和女人约会，不该是兴奋异常，然后早到个把小时的吗？可姜恩每次见她，都无半点急切，多多心里多少有些吃味。

电影院在六楼，多多在电梯旁的椅子上坐着等姜恩，她早早就看到姜恩已经到了四楼，但他却没有急着上来，而是在四楼闲逛，还徘徊在一个手表专柜旁好久。等到电影开场倒计时十分钟，姜恩才下定决心乘电梯上来。他看到多多，向她伸手打招呼。

多多向他微笑。只是，这一次笑得很僵硬。

电影院的气氛烘托了暧昧，因为人满为患，暖风又开得很足，多多便把厚厚的外套脱掉，抱在怀里。两个人离得很近，时不时胳膊间的相碰，让多多在黑暗中脸红心跳。

多多把给姜恩买的水递给他，"给你的水。"

"谢谢。"姜恩接过水。

此情此景，多多恨不得将自己的脑袋靠在姜恩肩上了，那才是情侣看电影该有的姿态啊！可是，他们是情侣吗？

三个多小时的电影，多多终于第一次和姜恩有些亲密接触了，那就是两人靠得越来越近的脸。很近很近，对方滚烫的脸触手可及，多多所想要的感情的升华，终于艰难地迈出了一小步。

只是，故事的结局，依旧是以多多失望告终。

电影结束时已经是午夜，刚刚接受过高温熏陶的两人转眼间便走到了冰冷的马路上。冬日，寒风瑟瑟，白天路上某些浅浅的水洼，居然也结成了冰。路上行人稀少，也没有影片中的美轮美奂，一切都像是回到了现实。

"姜恩，我们现在去哪里？"多多终于忍不住问。这么晚了，不商量个去处，随时可能上演"路有冻死骨"的悲惨戏码。

"去你家吧，"姜恩肯定地说，"放心，我不会吃了你，只是我家太远了，回不去了。"

"好啊。"多多欣喜若狂。路上，因为放松，多多的话又多了起来，不知不觉地，就说到了男人们最害怕谈的话题上：你什么时候开始喜欢我的？

这个问题的幼稚程度，不亚于"女朋友和老妈掉水里先救谁"。可是，大多数女人都忍不住想问。姜恩曾说过，女人们的问题总让他抓狂。多多问出了口，后悔都来不及。

"喜欢？呵呵，我也不知道。"姜恩支支吾吾。

"不问了，不问了，你不用回答了，我开玩笑的哦！"多多终于有了一丝理智，觉得问这个问题太早，并且后悔自己表现得过于迫切。

姜恩还是回答了。

只是，姜恩的回答让本来就在寒风中直哆嗦的多多的心，更加寒冷。从此，多多亲自验证了"数九天喝凉水"这句谚语的真实性。可见古人的智慧是多么接地气儿。

姜恩说："不要谈喜欢不喜欢，我就是看你挺寂寞的，陪陪你。"

此刻，多多宁可听到他说：我没有喜欢你！

呵呵。唉……

尽管事后，姜恩发了一封简短的邮件向她道歉，说他并不是那个意思，还说他不该开始这份没有结果的感情，伤害了她。但多多还是连着几天没有缓过神来。那句话的杀伤力太大了，多多觉得自己特别傻。

多多也曾回复过姜恩信件，言语之间极力证明自己的洒脱。可是不是真的洒脱，只有自己知道。多多为姜恩哭过一次，然后，用尽力气狠狠地将他遗忘。

多多后来又陆陆续续遇到过几次烂桃花，没有一次得以善终，这让她曾经一度怀疑自己是不是真的人品有问题。她为什么始终找不到个男人呢？

义愤填膺、骂骂咧咧之后，多多还是多多，依旧相信爱情，依旧相信世界的某个角落，一定有个真命天子在等着她。她是个乐天派，而爱情嘛，伤啊伤的，也就不伤了，慢慢地，也就学会不再为不值得的人流眼泪了。

多多说，前年她去新西兰游玩。刚到那里时，每看到一个湖泊，她都觉得美得让人惊艳，然后禁不住"哇哦"、"哇哦"地惊呼。等后来见到的湖泊多了，就"哇哦"不起来了。再之后，她看到再漂亮的湖也不会再那么激动了，顶多由衷地赞美一句"好漂亮"。

人就是这样变坚强的，遇的事多了，就不会见什么都大惊小怪了。但"坚强"与"麻木"的界限很难划分，所以很多人都不知道自己究竟是变"坚强"了还是越来越"麻木"了。

人还是少受一点伤害好，并不是每个人都要将心练成铜墙铁壁。

多多说，如果有男人能让她任性和脆弱一辈子，她宁愿不要坚强。但她的真命天子，绝不会是姜恩那样的男人。

我来到三环北路 2 号

别人的暗恋是在故事开始之前，颜夕的暗恋，是在故事结束之后的很多年。

高中了，颜夕还很像个男生，高高大大，头发短短，再配上那身宽大的难看的校服，淹没到男生队伍里去打个篮球，半场下来也不会有人发现她的性别是雌是雄。曾有一次，宿舍楼新来一位管理员阿姨，硬生生地将颜夕拦了下来。好在颜夕头发虽短，声音却是无比温柔好听，一张嘴，管理员阿姨就笑了，"女生啊？进去吧。"

颜夕成了那位宿舍管理员阿姨第一个记住的女生。她太特别了。

颜夕并不是娇滴滴的类型，长得又那么高，天天假小子似的，自然也没什么男生青睐。当然了，她的身高，就足以把班里一大半的男生都挡在了门外，不是哪个男人都自信到要找个比自己还挺拔的女孩当女朋友的。

但还是有人送上门来了,个子和她齐平的辛伟菘向她示好了。颜夕真的没有想到,这世上还真有不怕死的男生。

颜夕没谈过恋爱,吓得躲得远远的。她属于四肢发达头脑简单的草包,"早恋"两个字吓得她心脏差点超负荷了。高中关键时期谈恋爱,要是让大惊小怪的老爹老妈知道了这还了得?于是颜夕极尽所能地在辛伟菘面前展示出了自己最不堪的一面,鼻涕、眼屎、哈喇子,外加大吃大笑大声说话,总以为一定能让对方知难而退。

可是,辛伟菘没有退。

"颜夕,你别装了,我上次分明看到你和你家人在一起吃西餐,优雅得不得了。"

"在哪儿看见的?认错人了吧?"

"上周日下午五点,青年路绿地餐厅,你们一家三口。你点了虾焗通心粉,你爸爸点了意大利面,你妈妈要了一份水果沙拉,还有……"

"好了,好了。"颜夕阻止他说下去,但也无从狡辩了。

辛伟菘是班里的尖子生,有些傲,唯独在颜夕面前有用不完的好脾气。颜夕情窦初开的有些晚,不仅是对辛伟菘没感觉,她对所有的男生都没感觉,再加上自己一副假小子的爽朗派头,同学们快要把她当男生对待了。

记得有一次去同学家里玩,同学的姐姐一见了颜夕,便直叹"这男生长得好秀气"。

颜夕并不讨厌辛伟菘,甚至有点喜欢的,但那明显又不是爱情。她的世界里只有学习,睡觉,看书,看电影,再剩下来就是吃了。那个时候,颜夕的人生规划里还没有爱情这件事。

萌芽的爱情还没出生就被颜夕掐死在了摇篮里。高中时光，因为繁重的学习而变得漫长，也因为高考的日日逼近而变得紧迫。时刻准备着，时刻准备着。然后，高考很快就结束了。

从此后，颜夕和辛伟菘分别去了两个不同的城市，联络渺渺。

颜夕和辛伟菘的联系，和任何一位同学一样，并无甚特别。只是，大学里的颜夕情窦总算开了，开始留长了头发，还减了几斤肥。在她真正很想谈恋爱的时候，脑子里第一个闪过的，居然是辛伟菘。

颜夕在心里把他们系里的男生一一和辛伟菘做了一个对比，答案是：辛伟菘最顺眼！

当颜夕发现自己的念头后，大吃一惊。她找出了高中毕业照，一眼找到辛伟菘。看着照片里的他，在没有任何人在场的情况下，颜夕的脸红到了脖子根。

可是，颜夕在网上的同学录里，看到辛伟菘揽着一个女生的照片，照片下面同学们纷纷留言，说他下手很快，艳福不浅，如何如何。颜夕的心微微痛着，不知何时，眼里已经湿湿的。

什么嘛！以前还口口声声地说喜欢自己，才刚上大二而已，就这么轻易地移情别恋了。颜夕看看照片里的女孩，头发比自己长，胸比自己高，皮肤比自己白，腰比自己细，眼睛比自己大。辛伟菘换口味了啊？这和自己完全不是一种类型的啊！哎，为什么她确实挺好看的呢，想挑出点毛病来骂骂都不行。

事后，颜夕终于恢复了一些理智。她狠狠地敲自己的头，提醒自己：人常说得不到的才觉得可贵，颜夕，你也是个俗气的。

爱情的世界从不欢迎第三个人，所以颜夕没打算去上演什么狗血戏。

那是颜夕第一次爱上一个人,连她都不知道,那份爱恋会暗暗滋长,蔓延伸展,一不小心就过了许多年,只是时间刚好不凑巧。谁都不会想到,那个曾被颜夕拒绝过的男孩,其实在颜夕心里住了很久很久。

毕业后颜夕去了广州。她是美食家,向往着那里的一切美食;她喜欢好听的粤语,试图在那里将她的广东话发扬光大。那时候,她和辛伟菘已经很久没有联系,她只是从同学们的只言片语中,从网上的班级信息中,了解到了辛伟菘的生活动向,知道他现在只身一人。

辛伟菘毕业后留校了,在那个著名的外语学院。后来,班里的同学都玩起了微博,颜夕便正大光明地关注了辛伟菘,天天都会去看看他有没有新的动态。好在,从来没有他关于爱情的只言半语。

辛伟菘的微博里的内容,美食居多,可恶的是,这些美食图片常常在深夜发放,无时无刻不在勾引着小馋虫颜夕。小馋猫再加上小夜猫,辛伟菘的微博就更具有杀伤力了。为此,从不在辛伟菘的微博下面留言的她,终于还是忍不住留了一句:知道你生活水准高,伙食好,可是请注意秀场时间!

辛伟菘回复:正在减肥的人还没说什么呢,你这个大胖子嚷嚷啥?

看到久违了的辛伟菘的调侃之辞,颜夕激动得快要哭出来。上高中时,一个追一个躲,经常你来我往地斗嘴。那时,辛伟菘追爱未遂,转而变成了颜夕的兄弟,恋爱没有好好地谈,却换了一个更舒服的方式相处着,度过了高中最窒息又无聊的时光。

颜夕特别怕再见到辛伟菘时,对方客客气气地说那些不着边际的客套话。现在看来,一切未变。

颜夕再回复:姐我现在是长发仙女造型,前不久还有个模特儿公司找上门呢。

辛伟菘回复：模特儿公司？想多了吧？八成是人贩子想把你卖到山里当媳妇。你这人高马大的，摘苹果搭电线什么的应该很合适。

好久没有这么痛快淋漓地说话，颜夕像是上了瘾，就这么一句一句地回复下去。辛伟菘很有耐心，一直和她互动着，丝毫没有要休息的意思。一转眼，已是凌晨一点半。

颜夕再兴奋，瞌睡虫还是占了上风。颜夕敲下了最后一句话：不聊了，明天还要上班。

辛伟菘丝毫不领情：好像我明天不用上班似的，明天还要带着我的团队去野外扎营呢。你这个娘儿们！

颜夕哈哈大笑。她知道，对方也一直在和瞌睡虫打架，但是他却没有提前说结束话题。一想到这里，颜夕心里就暖暖的。

听说过一种说法：如果对方不爱你，每次网上聊天，还没说几句对方就会说有事要先下线了。如果对方是爱你的，会陪你扯皮到天荒地老。

说了这一夜的话，谁都没有扯到爱情。

说了"晚安"，颜夕却睡不着了。很快，辛伟菘的微博再次更新，依然是食物。他就是有那个本事，能把一盘干炒牛河都拍得那么富有艺术感。图片配有文字：七年没有再吃过炒牛河。

可是我却经常吃！颜夕的眼睛湿湿的。高中时，她和辛伟菘只一起吃过一顿饭，就是干炒牛河。她记得那天她一口气吃了两盘，让坐在对面的辛伟菘目瞪口呆，直呼幸亏她没有答应做他女朋友，要不可真是养不起。

颜夕后来睡着了，睡得很香。

时间总是过得很快，有了辛伟菘的微博陪伴，颜夕倒也不觉得孤单。颜夕冰箱里的食物多了起来，她受够了深夜时分看到辛伟菘的美食图片时，肚子空空冰箱也空空的，很是受罪。一段时间后，颜夕胖了起来。

颜夕觉得辛伟菘一定是故意的。

辛伟菘将自己所在学校的大门拍了一张照片，放在网上，图片上面有清晰的门牌号码：三环北路2号。微博配有文字：倒计时23天。

实诚的颜夕捧着日历一天一天地数下去，数到第二十三天，发现那天是自己的生日。

颜夕心乱了。她这才发现这么长的一段时间，天天和他聊天，却从没有问过他的感情状况，现在一切又是个什么样子？颜夕不知道，她不知道自己该不该义无反顾。

挣扎了几天。颜夕还是背上了行囊，去了辛伟菘所在的城市。她没有提前告诉他，一个人去了三环北路2号，找到和那张照片相同的角度，拍了一张照片，发到微博上。

二十分钟后，辛伟菘出现在了她的面前。

"我就说吧，你还是那个大胖妹，还说自己被模特儿公司看中，哦，难道是要给加大码的服装做广告？"辛伟菘满脸笑意，嘴却依然毒。可是，颜夕还是在他犀利的言辞之后，看到了他眼睛里亮晶晶的泪光。

"还不是你害的？你没事天天晚上发那么多好吃的干吗？心理阴暗的可以！"颜夕反唇相讥。

"好吧。不过你想要减肥,等过了今天。有一个和你一样肥胖的大蛋糕等着你宠幸呢,吃完还要带你去最贵的茶餐厅吃几盘干炒牛河。吃了再减!"

"你知道我要来?"颜夕很纳闷。

"连这点智商都没有,我还在这社会上怎么混?"辛伟菘笑了。他牵起了颜夕的手,换上了另外一种深情款款,轻声地问:"不突兀吧?"

"相当不突兀。"颜夕没有再拒绝。

有的人一转身,就是一辈子,颜夕怎么不懂?她不让他再转身了。

辛伟菘咧嘴灿烂地笑着,从未有过的憨样。

PART 2

生命中有太多的人

擦肩而过

每个阶段都会认识新人，远离旧人，大多数人都只是生命里的过客。换一家公司，换一个城市，很快便再也记不起来了，连脸和名字都是模糊的。

　　生命中有太多的擦肩而过，有的扼腕叹息，有的痛快淋漓，有的从未有答案。那个早已作废的电话号码，那本早已泛黄的笔记本，那些布满灰尘的纪念品，还有早成为笑谈的伤感片段。

　　再见面已是沧海桑田，我们再也回不去。曾经的恋人，朋友，虽然我们已转身很久，或许今生都不会再见，但请在这漫漫岁月长河里，彼此珍重。

我并不是真的喜欢名牌包

人在饿极了的时候,食物就是上帝;渴极了的时候,水就是上帝;冷极了的时候,衣服就是上帝;在外面手机没电了的时候,充电宝就是上帝;充电宝也没电了的时候,看到任何一个电源插座都像见了亲娘。

所以,人在穷怕了的时候,对金钱就有了无比的渴望。

方苓的爱情故事从高中开始,持续了八年。八年,抗战都胜利了,爱情却失败了,败得很惨。

两人是高中同学,毕业后方苓考上了大学,男朋友没考上,一个人去了北京打拼。男朋友在北京发展得并不好,做过小生意,跑过销售,发过传单,卖过楼,几年下来,依旧租住在北京郊区的一所民房里。

但方苓并没有嫌弃他,她很珍惜两人青梅竹马的感情。大学一毕业,就毫不犹豫地去北京找他了。

印象中,两人似乎很少吵架,一切都美好得不像话。男朋友长得很帅，时不时都有女生向他示好，都被他挡在了门外，他心里只有方苓一个人。虽然清苦了些，他们的感情却常常被人称羡。

只是贫贱夫妻百事哀，整日对着铜板发呆，浪漫一定全拜拜。再浪漫坚贞的爱情，在现实面前还是败下阵来。爱情故事的第九年，心无大志的方苓男朋友终于找到了他人生中的志向，皮相极好的他被一个有钱的女人看中，很快，他就华丽丽地投奔了一直向往的美好生活去了。

那时，方苓刚怀孕两个月，正满心筹备着婚礼。

那个男人真的穷怕了。"人穷志不短"很多时间都是一个神话，人穷了，志很容易短。

方苓最终还是没有勇气生下那个孩子。从医院出来的那天下午，方苓的脸雾白，身体虚弱得几乎要倒了下去，尽管医生交代不能哭，她还是忍不住在寒风中大哭了一场。

养好身体后，方苓换了个更好的工作，做起了公关经理。收入多了，她不再像以前那样精打细算地过日子，高级化妆品和时尚的服装越买越多，这些外在的饰物弥补了她空寂的心。方苓不得不承认，物质真的能给人带来极大的自信。

不知是谁说过，女人出门前一定要精心打扮，如果不想错过任何一次缘分的话。越来越亮眼的方苓成了很多单身男青年们追逐的对象，不过她最终选择了经济能力最好的江沅。

认识方苓的人，都说方苓变了，她为钱而伤，也为钱而战，在成为"物质女郎"的这条康庄大道上一步不回头，就像是要报复谁似的，走入了一个极端。

方苓从不去解释什么。解释是很可笑的，相信你的人始终会相信，不相信的，说一箩筐的话也没有用。

江沅是电子商务领域的青年才俊，不是大富豪，却比富豪更有吸引力。年轻，多金，智商高，还注重生活品质。他很喜欢送方苓包包和各类饰品，如果某品牌有了一款新品，很合他的口味，他便会买来送给方苓。方苓成了他时尚用品的试验模特儿。

方苓很享受这份"工作"。

"亲爱的，改天我找几个专业的摄影师为你拍些照片，相信我，你完全可以为我们的网站做代言了。"某一天，江沅看着闪亮的方苓，由衷地赞赏道。

"我？恐怕胜任不了吧？"方苓有点怀疑。

"你可以。"江沅无比肯定地说，"你和这些高端的物品很融合，人身上的贵族气质，是普通老百姓也可以拥有的。你就有这种气质。"

方苓被赞赏得很开心，向江沅投过去一个勾魂的眼神和风情万种的微笑，"谢谢你的欣赏。"

这时，她猛然间意识到，自己何时也学会这样的笑容？和前男友在一起时，她从来都像个大笑姑婆，就连说情话也说得像笑话一样，那么肆无忌惮。

这种对比让方苓暗暗吃惊。她几乎就要相信旁人的说法了，她对江沅的爱，只有物质没有灵魂。在这个模糊的界线里，方苓看不清自己的心。

"江沅，你爱我什么？"缠绵时，方苓问了一个女人常爱问的傻问题。

"爱情哪有理由？难道要我从头发到脚地罗列一遍你的优点吗？"

江沅热烈地吻着她,手在她的腰间摩挲,炽热的情欲,让他不想回答女人的问题。

"我想听……你赞美的话。"方苓被吻得支支吾吾,但仍不放弃这个问题。

"那你爱我什么呢?"江沅停住了,认真地问她。

方苓一时回答不上来。

"你看,你也说不上来吧?爱情就是爱情,哪有那么多为什么?"江沅笑笑,继续着之前的亲昵。

但方苓却已经分神了。

她真的不知道究竟爱江沅什么。他们从不考虑这么深奥的问题,每次在一起都是完美得无懈可击,他们和任何成年人的爱情一样,直接,享受,迷恋彼此的身体,迷恋彼此给自己的物质安全感。方苓想,江沅是不是也因为不知道爱自己什么,而回答不了那个问题呢?

成年人都太忙了,年龄也不小了,谁有心思和你进行那么长那么长的步骤,谁还相信柏拉图式的爱情是真的存在的呢?

可是,他们经常在一起,两人却谁都没有提过要同居。江沅爱的是自由,不是婚姻,他不愿意有人能进入他的领地;方苓也爱自由,上一段感情中,几年柴米油盐的生活宛如夫妻,两个人在对方面前无所遁形。爱情没有了距离,也就没有了生存的空间,甚至,连退让的空间都没有了,一招致命。方苓不想再要那样的关系。

对于情感,不同的年龄有不同的处理方式。方苓很喜欢现在的相处状态。

有人对江沅说:"你怎么会爱上方苓这样的女人?"

江沅反问:"方苓是什么样的女人?"

那人说:"你每次送她名牌包的时候,看她两眼放光的样子,她和那些爱慕虚荣的女人没什么两样。"

这时江沅总是笑笑,说:"有的女人喜欢男人长得好看,有的女人喜欢男人有才华,有的女人喜欢男人有钱,各有所爱罢了,这有什么问题?"江沅并没有否认方苓的物质,只是接受了她的物质。这话传到方苓的耳朵里,方苓的心稍稍凉了一下。

方苓除了收江沅送她的那些贵重礼物之外,经济上没有依赖过他。因为工作上的进展,她又重新为自己租了一套房子,再也不用和别人共用一个卫生间了。方苓在宜家买了一组大大的方格柜子,里面专门放江沅送给她的包包。只是,这些包包只在她给江沅当模特儿的时候用过,除此之外,她都放起来,连标签都没拆。

江沅问过方苓:"怎么没见你用那些包?"

方苓每次都笑笑,说:"留着,等我落魄的时候卖钱,呵呵。"

半开玩笑的言语,两人心照不宣,都没有再问。

日子就这样完美地过着,方苓从不要承诺,就那样快乐地享受着江沅女友的头衔。虽然坊间总是流传着关于江沅的种种桃色新闻,方苓却从不过问。她是江沅唯一对外宣布过的女友,朋友聚会他也总是带着她,这就够了。那种激烈的爱情桥段,上一段感情中已经用尽了,方苓一度认为,自己再也激烈不起了。

总以为对方是客途的雁,可偏偏就一往情深了起来。

江沅的母亲不知道从什么地方打听到关于方苓的传闻,传闻转了几个弯,早出现了形形色色的不同版本。故事的最后,就演变成"方苓抛弃青梅竹马的男友，不惜打掉孩子，为了投奔江沅这个多金男人的怀抱而费尽心思"这样的了。江母是坚决不同意优秀的儿子和这样的女人交往的，但她又知道儿子的秉性执拗，于是，她使用了很多女性长辈们惯用的撒手锏：用断绝母子关系来威胁江沅。

江沅说："那就断绝吧。方苓很好，我喜欢她。"

故事由此出现了转折，方苓这才知道她与江沅的感情并不只是各取所需，他们都曾让对方在心底扎根，只是不愿意提及那些矫情的字眼儿。或者，是都曾受伤，不敢深陷。

方苓在心尘封了太久后，又一次痛哭一场。这次，是为感动。

在一次抵死的缠绵之后，方苓起床，去冰箱里拿一个江沅爱吃的蛋糕，被江沅叫住了。

"亲爱的，我有一件事情想告诉你，其实我并不喜欢在我们温存之后吃蛋糕，尤其是起司蛋糕。对不起我骗了你。因为你喜欢吃这种蛋糕，但又怕胖，又不好意思在我面前吃，我才骗你说我也喜欢，这样你一个人吃才不会尴尬。"

一股暖意涌上心头。方苓站在原地，自顾自地笑了，"早说嘛！"

不久后，两人还是分手了。江沅的母亲看断绝关系这招不奏效，便以死相逼起来，一哭二闹，最后就真的闹到了医院。江沅终于妥协，上一次，他可以和母亲闹闹脾气，反正母子没有隔夜仇，可这一次他却不能不管母亲的身体。

分手后的第一个周末，江沅收到了十几个大大小小的包裹，里面是他曾送给方苓的所有包包和饰品，方苓包得很仔细，保存完好，就好像刚从专卖店带回去的样子。

在一个江沅最喜欢的包包上面,挂着一张小卡片,方苓漂亮的字赫然出现在眼前。

"对不起,当不了你的模特儿了,道具全部归还。"

偌大的办公室里,众目睽睽之下,一个好看的男人坐在那里,泪如雨下。

世界上，是不是真有那么多的巧遇

连夏南竹都记不清，自己这是第几次误入男厕所了。

夏南竹是个路盲，方向感很差，第六感也很差。在智能手机还未流行的时候，她总是随身携带着三个指南针。之所以要带三个，是因为如果只买一个，不准了怎么办？买两个所指方向不同，该信哪一个？买三个最好，至少可以选择两个相同的。

所以夏南竹说，三是个好数字，比如说三角形吧，就是世界上最稳固的状态。

后来有了智能手机，手机里有自带指南针功能，但夏南竹还是喜欢带个指南针出行。她是个极没有安全感的人，如果遇上手机没电怎么办？

可是，科技再先进也总有指引不了的，比如说，上厕所。人的智慧总有顾及不到的地方，夏南竹并不笨，可就是在方向上屡屡犯迷糊。

在其他场合，走错就走错了，大不了多走一些冤枉路，可是闯男厕所这一项后果就很严重。连朋友们都取笑夏南竹，说她一定是故意的。不然怎么总是走错呢？

夏南竹把她所有的晕头转向经历，全归罪于一个原因：脑子里想得事儿太多。

有一次在虹桥火车站，出站的人群川流不息。夏南竹一出了验票口便直奔对面最近的一个洗手间，那是男区。更糟糕的是，后面一群急着上洗手间的女人在她屁股后面紧跟，一窝蜂地全部走错了方向。大概这是人们所说的"随大流"的最高境界了。最终，一些尚且保持理智的男女站在洗手间的门外，茫然地看着两边"男"与"女"的标志，不知该往哪边走。

夏南竹硬生生地搅动了一场混乱。

而夏南竹遇上了大菠萝，也是缘于她一次误闯男厕所的经历。

那天夏南竹在公司附近的公园散步，期间因肠胃不舒服而急找洗手间。她一路奔跑，看到了某绿树丛荫之处有洗手间标志的房子，便一股脑冲进去。

"啊！"一声尖叫划破宁静的树林。是夏南竹的声音。

夏南竹红着脸跑了出来，想了想，又抽筋一样地转身返回了男厕所，冲着里面惊慌失措的一个男人说了句："对不起。"说完再次跑了出来。

里面的男人差点被她吓死。

好在尴尬的阶段很快过去了。春天的阳光灿烂又不骄横，照得人暖晕晕的。夏南竹舒服地坐在一个长椅上，欣赏公园里正开得灿烂的、叫不出名字的花，无比惬意。

"小姐，可以用一下你的手机吗？"旁边传来一个好听的男声。

夏南竹偷偷地瞄了男人一眼，总觉得有点面熟。他干净，阳光，衣着讲究，烫着时尚的菠萝头。但这些并不能证明他是好人还是坏人。夏南竹本能地拒绝了。

"不好意思。"

菠萝头把自己的手机给她看，黑屏，以证明自己的手机确实是没电了。"小姐，你刚才把我吓得，差点就不能为我家延续香火了，用你的手机拨个电话，就算扯平吧。"

夏南竹这才认真地打量了一下他。怪不得这么面熟，正是厕所里被自己连续惊吓两次的那个男人。夏南竹的脸顿时飞红，低着头道歉说："不好意思，不好意思。"然后乖乖地把手机递给了他。

"谢谢！"菠萝头接过手机，拨了个号码，对电话里的人说："我手机没电了，借一个女孩的手机打的。晚上几点？哪里？嗯，行，到时候见！"

打完电话，菠萝头把手机还给了夏南竹，再次感谢她，并自我介绍："我是卜罗，这是我的名片，要是日后觉得我有什么可疑，可以报警，也可以找我来算账。来，收着！"

卜罗！夏南竹本来就笑点低，听到这个名字登时就控制不住了。卜罗，菠萝头，你的发型是非要和姓名遥相呼应吗？而且，名片上他的公司地址，哇哦，他和自己是在同一栋写字楼上班？

夏南竹在十六楼，卜罗在十四楼。

夏南竹不禁想笑：平日里都鲜能遇到的艳遇，竟然就那么尴尬地相遇了。

从此，夏南竹枯燥无味的上班生活开始有了期待。无论上班、下班，在楼下等电梯时，她都希望能够碰到卜罗，再简单地客套几句。台词都想好了，"嗨，好巧！"或者"你好，下班了吗？"

可是，夏南竹却再也没有见过他。她无论时间故意早一点，还是晚一点，都遇不到卜罗。卜罗像是突然消失了一样，他给她的那张名片，仿佛是过期的报纸或作废的日历，信息早不是新鲜的了。夏南竹不禁要偷偷跑到十四楼去看看那家公司是否真的存在。

那家公司是真的存在的，而且里面灯火辉煌，人头攒动，丝毫看不出有任何颓败不景气的信息。

夏南竹假装路过，生怕被人看到她的不自在。她的脚步慢慢腾腾，眼睛拼命朝里面张望，寻觅那个时尚又有点可笑的菠萝头。

"你在找我吗？"身后传来的声音，吓了夏南竹一跳。

猛一回头，卜罗屹立眼前，嘴角有戏谑的坏笑。依然清清爽爽，依然神采奕奕的菠萝头。

"我来上厕所。"情急之下，夏南竹慌乱地说道。随即又问："你很喜欢在背后突然出现啊？"

"厕所在那边。"卜罗笑嘻嘻地指给她看，"你们楼层厕所满仓啦？"

夏南竹知道对方什么都洞悉了，自己的这点小谎言根本经不起推究，索性也就不再遮遮掩掩，径直告诉他："好吧，我承认，我是想知道你到底是不是在这栋楼上班。"

卜罗笑笑，"我的名片信息全部真实，只不过我是做销售的，经常不在公司而已。怎么，找过我？"

夏南竹没否认，点点头。

后来，夏南竹制造的"偶遇"命中率越来越高了。他们的偶遇终于变成了艳遇。

卜罗拥有着大多数的男人都有的极好的方向感，有他在，夏南竹的三个指南针全部下岗，手机里的指南针软件也好久没有打开了。卜罗，成了她所依赖的指南针。

夏南竹对方向的第六感也极差。比如，为了买一盒感冒药，她站在一个十字路口，如果药店在左边，她十之有九会往右边走。还有，夏南竹不太会看地图，在她的定义里，地图和那个错综复杂的达·芬奇密码属于同一个难度级别。也因此，她总是要比别人多走冤枉路。

卜罗总是取笑她是迷路天使。夏南竹每每都摇头否认，"迷路的人都很狼狈，怎么可能是天使？"

卜罗的工作是要天南海北地跑，他是公司在上海事业部的销售经理，担子很重。夏南竹的工作却很轻松，恋爱中的她，从迷糊变成了黏糊，兼对外面的世界很向往，所以每逢周末，都会想去卜罗出差的地方去找他。周五晚上去了，周日晚上回来，爱情的力量之强大，一点不嫌累。

可卜罗觉得累了。

销售的工作是不分工作日还是周末的，很多的饭局与拜访全部都在周末。因为夏南竹的到来，卜罗很分心。他怕没有时间陪她，怕她会闹情绪，更怕她在陌生的城市里迷路。

不出意外的，像所有的恋人一样，两人开始了争吵，而且频率越来越高。最激烈的一次，就是夏南竹一气之下收拾行李回了上海，而卜罗，因为约了客户而没法去挽留她。

大多恋人经历了神秘感、暧昧、相知、相恋，到最后互相埋怨，爱情就会开出不同的花来了。人们都能享受前期的美好，但不一定能捱得过后期的考验。女人因为依赖而黏着男人，很多时候会给男人带来极大的满足感，但过度的依赖就好比人身上永远背着一个硕大无比的包，时间长了一定会累。

那次争吵，卜罗事后依然向夏南竹道了歉，还专门请了假带她出游三天，想哄她开心。但是两人的心里都种下了别别扭扭的种子。当卜罗意识到夏南竹并不是他想要找的那种女人的时候，这个念头让他惊出一身冷汗。

卜罗极力地驱赶着自己内心的这种可怕想法。只是越想驱赶，这种念头就越深刻，完全不受思想控制似的。

最终，却是夏南竹先提出了分手。

夏南竹是个路痴，但她并不是事事迷糊，她深觉两人之间的鸿沟。她从卜罗的同事那里听到，卜罗那次那桩订单没做成。她还听说卜罗请假和她出游的那三天，其实手头正有一个重要的业务要谈，作为销售经理的卜罗却没有参与。上级因为他近期的种种不佳表现，已经降了他的职。而这些，卜罗从未和夏南竹说起。

夏南竹对卜罗说："我一直觉得我们好有缘，我误闯男厕所，结果却一头撞来了自己的爱情。因为我俩的缘分，我觉得'无巧不成书'这件事是存在的。可现在我明白了，缘分构不成爱情，就算构成了爱情，也构不成所有的快乐。其实让对方轻松快乐这一点，我们都没有做好。所以，等我变得更好的时候，如果你还在原地的话，我再来找你吧。"

卜罗说："以后进男洗手间的时候，至少要辨认三遍，知道吗？"

夏南竹笑了，"我答应你，这个'美好'回忆只属于你一个人。"话说完，笑着的脸上却有了泪。"菠萝，我还是很感谢能和你巧遇。你说世界多奇怪，说大，我们同在一个写字楼两年，却视而不见；说小，却又在一个另类的地方相遇了。"

"哪有那么多巧遇啊？"卜罗说，"世界上大多数的巧遇，都是刻意为之。在你没有认出我的时候，我早认出你了，在这个楼里我见过你几次。还有，手机并不是没电了就会黑屏的，也可以关机的啊，傻瓜！"

夏南竹泪奔。

还是那个公园，春天的繁花早已换成了秋日的落叶，不知道来年再发芽时，还能不能和去年一样？

最美不过初相遇

有人说：用回忆驱寒，借往事疗伤。

陆云间就是靠着回忆和往事，度过他的留学生涯的。

去美国时，陆云间的爸爸去机场送他，语重心长地叮嘱他要好好学习，在异国他乡要注意安全。陆云间没有和其他要出国的人一样涕泪涟涟，而是问他爸爸："买保险了没？"

陆云间的爸爸不懂他问话的意思，本能地回答："买了。"

"哈哈！"陆云间高兴地大笑，说，"如果飞机要出事就好了，你就可以拿一笔钱养老了，我就放心了。不过，你可千万不要把钱给了那个女人，小心我做鬼都纠缠你们。"

留下瞠目结舌的老爸，陆云间潇洒地挥挥手走了。飞机起飞前，陆云间的爸爸在机场找了一片木制的墙，狠狠地敲了三下。敲完了，才发现刚才说不吉利话的又不是自己，自己敲了也白敲。

于是，陆云间那次在云端的长途旅行，是在彻夜未眠的父亲的声声祈祷中完成的。

陆云间的古怪人尽皆知。每个刚开始靠近他的人，不出多久就会远离了他。陆云间是毫不在乎的，他原本也不喜欢这样那样的热络，就像美国人爱吃的牛排一样，是五分熟就不要装七分熟，更不能装全熟。他有自己的世界，有回忆，有音乐，就够了。

在美国的第一年，很多留学生都住在酒店式公寓里，住宿条件还说得过去，因为学生们经济能力有限，所以都是几个人合租一个套间。陆云间出国之前，听前辈们指教准备了一个电饭煲，扛着就去了美利坚。等合租房子后，带了各种家乡口味的其他同伴们发现，电饭煲才是最最实用的。

同学们向陆云间借，他非常干脆地拒绝了："不行。"没有多余的一句解释。

虽然陆云间没有借出电饭煲，但依然阻挡不了同学们做中国菜的热情，大家神通广大，动用各自的关系，总算凑出了炒锅、电饭煲、锅铲，借齐后，大家便各显神通开始炒菜了。

中国菜油烟大，公寓的厨房又不配备油烟机，于是，火警很快响起。听到火警，公寓里的住客们纷纷陆陆续续跑下楼，外面一片杂乱声。炒菜的学生们匆忙打开窗户，拿着书本、衣服向外扇油烟，只有陆云间一人无动于衷。

"云间，赶快一起扇啊，一会儿警察找上门了！"

"又不是我弄的，我要是扇了，警察就一定以为我也是肇事者之一了。"陆云间丝毫不客气，不仅不帮忙，还火上浇油，爬到窗户边上向楼下看去。火警车呼啸而来，整整五辆，极为壮观。陆云间兴奋地大喊："好刺激啊！"然后，拎起相机下了楼。

陆云间每天晚上都会戴上耳机听歌，不管是躺床上，还是在温习功课，耳朵里总是塞着耳机。知道了他的怪异，同学们也就习以为常了。大家一致认为，是因为陆云间嫌他们吵。

但这次大家猜错了，陆云间是真的在听歌，他喜欢音乐。陆云间最爱的一首歌《Beautiful Love》，他手机里的歌加了删，删了加，换了好几拨，这首歌都坚挺地存在着。

陆云间偶尔也会和同学们闲谈几句，可是也仅限几句。每次的聊天，他只要一出现话多的趋势，他就害怕再热聊下去，自己收手了。比如说，有同学问："云间，你的名字特别琼瑶，你爸妈看来也是很诗情画意的哦。"

陆云间这时还尚有耐性，回答说："我没有妈。我爸倒是有个女人，但不是我妈，哈哈哈！"

"哦，对不起。"这位同学马上道歉。

"没关系。不过你猜错了，我的名字可不是按琼瑶男主角取的。哎呀，我要学英语了，不和你说了。"陆云间每当这时都会戴上耳机，把问话的人隔出一个世界去。耳机是个好东西，它能让每个平凡的人享受一次世界唯我独尊的感觉，天地间仅有自己。

可是，就是这么一个自私、古怪又小气的陆云间，内心却依然能为一个人而开朗和大方着。他只为那一个人而慷慨,而展现自己。那个,让他下定决心出国的原因。

李真。

初见李真,是在托福培训班上。每次上课,二十几名同学都会争先恐后地表达自己的口语,争取更多的语言表达机会。整个班级不爱张口说话的只有两个人,陆云间和李真。

李真静静地坐在那里,从不主动表达,老师点到她的时候,她便窘迫着站起来,用结结巴巴的英语和老师对话。就算不是即兴对话,读篇短文也不那么流利。回答不好,她便低着头。李真有一头漂亮的长发,浓密黑亮,每次低着头时,一侧的头发就会散下来,半遮住她那时不自信的脸。

那是陆云间记忆里最美丽的画面。

因为这头漂亮的黑发,陆云间偷偷地将自己一头栗色的短毛染回了黑色。又一次上课时,李真率先发现了他的发色变化。

"咦,你的发型变了?很精神。"李真不会想到,对方的头发变化与自己有关。

"发型没变,颜色变了。"陆云间说,"黑的更健康。"

李真笑了,一笑嘴边有个小梨涡,唇红齿白,仿若清秀的佳人在落日余晖中的嫣然回眸般美丽。陆云间不敢直视她的眼睛,怕太快陷进去而乱了阵脚。

李真问:"陆同学,你是哪里人呢?"

"我是上海人。"陆云间回答。他从未有过和人攀谈的欲望,而现在他却很想说话。可长期习惯于拒人千里之外,他并没有侃侃而谈的本事，尤其是在喜欢的人面前，越想表现就越局促。

"哦……"李真若有所思，"怪不得叫'云间'呢。我傻了，'云间'就是上海的别称嘛。"

陆云间登时热泪盈眶，激动得都不知道该说什么好了。"那你一定听说过'云间陆士龙'吧？我是'云间陆云间'。你知道吗？你是第一个正确说出我名字含义的人。"

李真开心地笑了，"那我好荣幸。"

陆云间说："别人都说我的名字像琼瑶剧男主角的名字，只有你……你还挺有文化。"

李真不好意思地笑笑，"恰巧知道这个典故罢了。"

那是两人的初相遇。日后不管陆云间再经历多少人，看过多少风景，脑子里始终忘不掉当年托福培训班上，李真一个人静静地坐在那里的情景，还有她轻轻低头时，那一头漂亮的黑头发。除了在电视广告里，陆云间再没有见过一个女生有那么漂亮的头发。他也不会忘了，他遇到的很多人里，只有一个人没有说他的名字像琼瑶剧男主角。

认识李真后，陆云间恨不得将自己的全部都献给她。有点封闭自我的人一旦爱上了，那种爱情绝对是致命的。不会谈恋爱的陆云间开始翻看恋爱宝典之类的书籍，照猫画虎地学以致用。

首先，陆云间主动提出要帮助李真提高英语水平。他本也不是英文高手，于是只好一边恶补，一边再教给李真。好在李真的英文确实不大好，他教她绰绰有余。其次，就是送给李真世界各地的洗发水，各种眼花缭乱的品牌出现在李真的包包里。还有，他暗下决心：李真若是去了美国，他也去。

陆云间的爸爸一直都想让陆云间出国，但儿子总是不同意。当陆云间坚定地说出"我一定要去美国"的豪言时，他爹半天没反应过来到底发生了什么事。

李真不爱贪便宜，便也回送了他很多在国外买的 CD，其中就有 Elizabeth Hunnicutt 的《Beautiful Love》。送给他的时候，李真无意中说起，自己很喜欢这个女歌手，也很喜欢《Beautiful Love》。只是又一个小小的巧和，又让陆云间鼻涕眼泪了一回，因为他也很爱这个不太热门的女歌手。

实际上，两人从未真正开始一场爱情故事，从头到尾都是陆云间的一厢情愿。陆云间怪就怪在，他自己也没有想要过占有李真。他心中的李真过于美好，以至于不管如何靠近，陆云间都有一种"可远观而不敢亵玩焉"的小心翼翼。陆云间觉得，自己是不配和李真这么美好的女孩在一起的。

他就想那么纯粹地对她好，想要看见她，这就非常快乐了。毕竟，他从未想对任何一个人好过。

陆云间的爸爸为了能让儿子出国，把老房子都卖了。有了李真的鼓励，陆云间终于下定决心要出国留学。长时间地准备，考试，申请，等大学的录取通知书。过程有些煎熬，可一周能两次看到李真，陆云间觉得生活充满了阳光。

可是，李真突然消失了。

托福培训班的尾声，李真便不来上课了，一节课，两节课，等到最后一节课上完了李真还没有出现。陆云间慌了，因为他发现他从没有留过李真的手机号码。灵机一动，他找老师要全班同学的联络名册。李真那一栏，电话是空白。

有的人，消失得彻底，就好像从没有出现过。就像李真，在花名册上连电话都不留，仿佛一开始就计划好了要消失，而人和人之间的联系又是多么薄弱，手机一关或换个号码，你便再也找不到她了。

陆云间没有了李真，又回复到以前的样子，对谁都爱理不理，不会说讨喜的吉祥话，只有自娱自乐，没有人听懂他的沉默或是哈哈大笑是为什么。或许，他还是有些许的改变，起码比以前更加坚定要去美国了。在美国或许能遇到李真，李真说过，家里人是一定会想办法让她去美国读书的。陆云间单纯地想，在美国的华人圈子应该不大，更容易遇到一个人。

于是就有了后来陆云间孤单的留学生涯。

陆云间戴着耳机，音乐开到最大声。手机里正播放到 Elizabeth Hunnicutt 的那首歌，陆云间不由地闭上了眼睛，陷入关于他最美好的回味中。歌声意境，眼前全是昔日影像，陆云间口中轻声吐出五个字："云间陆云间。"

"什么？"刚才跟陆云间攀谈的那个仁兄没听清他在说什么，本能地问道。

只是戴着耳机的人已完全陷入过往，没有听见。

"疯了。"那位仁兄一副无奈的表情。

这一句陆云间听见了。他翻了个身，不再理会。

时尚与麻辣烫

"许弘斌,你吃粉条的时候可以不要'哧溜哧溜'的吗?还有,你右边脸上那片香菜叶子是怎么回事?"小苑看着男朋友的嘴脸,一脸嫌弃的样子。

不知从什么时候开始,她总是对许弘斌横挑鼻子竖挑眼,看他什么都烦得很。比如他走路总是有点驼背,吃饭的时候喜欢双手撑在桌子上,时时刻刻手里都拿着手机,坐地铁的时候双腿叉得很开,最近不运动下巴又长出来了,一脸的青春痘,不喜欢洗澡,衣服品位越来越差,总喜欢在手机里下载优惠券,口袋里喜欢装硬币,等等。

统统看不惯!

许弘斌一脸委屈,"你现在看我什么都不好。"

小苑把头偏向一边,做出不耐烦的表情,"喊"了一声,说:"你要是不喜欢听,我以后就不说了。"

许弘斌停止了吃麻辣烫,又把右脸上的香菜擦掉,脸上赔着笑,

"可我们刚认识的时候,你说你特别喜欢我吃麻辣烫时的样子,你说看我吃得热火朝天的,把你的胃口都吊起来了。"

小菀却懒得回忆,她勉强地笑笑,说:"那个时候是学生嘛,现在都进了外企了,该注意形象了。"

许弘斌坐直了腰,正了正脸色,拿起筷子夹起碗中的一小块豆腐,轻轻地放在嘴里,闭嘴嚼,面带微笑。这一系列动作结束后,许弘斌问小菀:"这样可以了吗?"

小菀被逗笑了,说:"嗯,以后就这样吃麻辣烫吧,要吃出西餐的礼仪来。"

许弘斌嘴上赔着笑,心却已别扭了几百回。

许弘斌和小菀的爱情已经走入第六个年头,他们的初相遇,便在科大东门外那家小小的麻辣烫店。那是科大几届大学生的共同回忆。店主是一个瘦瘦的阿姨,她的儿子就在科大上学,为此她做得辛苦,但是开心。因为纵然儿子哪天有事不过来帮忙,她离儿子都是近的。幸福的阿姨做出来的麻辣烫也是幸福的,同学们就是觉得瘦阿姨做的麻辣烫和别家很不一样,量足不说,还能吃出火锅的感觉来。

小菀初见许弘斌时,许弘斌正埋头吃一碗香辣的麻辣烫,吃得投入,连对面何时坐了一个美女都不知道。吃完一抬头,对方正看着自己,许弘斌有些不好意思起来,随后又朝瘦阿姨喊道:"阿姨,再来一碗!"

许弘斌舍不得走了。多一碗麻辣烫的时间,或许就多一场艳遇了。

"看你吃的,我都迫不及待来两碗了。"小菀主动开口。同校的大学生总是自来熟,同学们之间并无那么多禁忌,况且都是科大同仁,大家共奉一个祖师爷，就更是亲上加亲了。

许弘斌用纸巾抹了一把嘴，不好意思地说："男生饭量大，别见怪！"

两人因此结识。

后来，小蒐告诉许弘斌，自己为什么会主动找他搭话。"一个男生吃完麻辣烫，大汗淋漓的都能那么帅，不找你找谁啊？"许弘斌也把自己的小秘密告诉了小蒐："我那时一碗已经吃撑了，为了和你多待一会儿，我硬是又吃了一碗，你可知道我那天晚上上了几次厕所？"

两人因此相恋。

谁说毕业就分手？小蒐与许弘斌相约来到北京打拼，两人奔着外企而去，目标明确，很快都找到了各自喜欢的工作。只是社会大学的洗礼更加彻底，一年后，小蒐已经脱去学生的稚气，穿着打扮上了新台阶；许弘斌还依旧学生模样，偶尔因工作要求穿次西装，小蒐总觉得那西装就像是借来的一样，很不衬他。

小蒐从公司同事那里学到了许多优雅的生活方式，比如品红酒，比如吃西餐，比如做健身，比如听完全听不懂的音乐会，连吃面包也要吃指定的牌子。

许弘斌看小蒐总是纠结于这些，曾小心地开解她："其实时尚就像信仰，如果一知半解的反而会弄笑话；而且时尚不仅是外在的东西，内在也要学富五车才高八斗才行。"

"所以才需要慢慢学习嘛，"小蒐白了许弘斌一眼，扔下四个字，"不求上进！"

许弘斌闭嘴，乖乖地躲一边了。

小菀在通往贵族的道路上一路狂奔着，乐此不疲，许弘斌很爱她，也累兮兮地配合着她。世界各地的知名杂志纷纷出现在小菀的书柜里，每本都是教人如何花钱。小菀每次将那种沉得要命的杂志们搬到沙发上，摊开来一页页地看，一边看一边品头论足，许弘斌便泼她的冷水了。

"唔，这个包，值你两个半月工资。"

"这副眼镜，你一个月工资。"

"这件大衣，你七个半月工资。"

"这块手表……菀儿，你可以考虑换个工作了。"

每当这时，小菀就拿眼神狠狠地睒他一眼，轻蔑地说："和你越来越没有共同语言了！"

小菀说的倒是没有错，她已经很久没有和许弘斌讨论星星月亮诗词歌赋和人生哲学了。周末出去吃顿饭，小菀推荐的都是听起来格调很高，但吃起来很不满足的餐厅。有一次看完画展，两人去吃了一顿越南菜，许弘斌就没饱。回来的路上，他在路上又带了一份麻辣烫，提在手里晃啊晃着。小菀看着那两层难看的塑料袋，皱了几次眉头，不好发作，只好旁敲侧击地说："这塑料袋都不合格，直接装滚烫的食物有害物质散发得更多，你以后别往家带了，直接在外面吃完；还有，不要用小饭店那种一次性的筷子，很不卫生；还有……"

话没说完，许弘斌手里晃荡着的装着麻辣烫的塑料袋破了，粉条伴随着蔬菜豆腐海带结什么的撒了许弘斌一裤子，烫得他大叫一声。

"烫着了吧？你小心点嘛。"小菀也被吓坏了。

许弘斌说没事，向小菀借了湿纸巾擦干净裤子，又用两包纸巾把地下的狼藉收拾了。做完了这一切，许弘斌自嘲地笑了，对小苑说："你说得对，塑料袋不靠谱。"

小苑觉得今天很难堪，没理会许弘斌的玩笑，没好气地说："那现在怎么办？还吃吗？"

"吃！不过听你的建议，不打包了，咱堂食！"

于是就有了本篇开头的那一幕。

当两个人的六张信用卡总透支额度超过十五万的时候，许弘斌重新找了一个工作。每个月的开销丝毫没减，还加了很多应酬的费用。朋友一多，胡吃海塞的费用也便多了起来，不换工作不足以在短期内偿还完信用卡，还会像滚雪球一样越滚越大。许弘斌在这场向贵族生活前进的路上扮演了一回二十四孝男友，他偶尔的提醒和建议都不管用，干脆就一切以老婆为主了。

可那十五万的信用卡债务像座大山一样压在两人的心头，两人无甚好的办法，只好拆东墙补西墙，以卡养卡。小苑没有换工作，因为她所在的那个公司能满足她一切的虚荣感，她甚至觉得，自己完全融入了公司。

开始有人追小苑，每天下班都会开着拉风的小车在公司楼下等。小苑开始是拒绝的，后来抵不住攻势，就慢慢地接受了。那男人给她惊喜，先斩后奏地为她安排了欧洲的自由行，小苑瞒着许弘斌去了。曾经想象中的很遥远的境外旅行，突然就变得容易起来，小苑很满足；京城那几家顶级的餐厅，平时路过都不敢多看几眼的，现在也成了家常便饭。

女人很容易哄，一来二去，小菀很快移情别恋，她确认自己爱上那个男人了。

小菀始终不敢告诉许弘斌，她怕伤害了他。想到许弘斌平日里对自己的好，小菀就心里揪得疼，她无法想象摊牌后将是什么场面。那段时间，许弘斌加班也多了起来，两人之间能说话的机会变得很少很少，就像两个住在同一个屋檐下的合租室友。

这段貌合神离的日子，正好为小菀的纠结腾出了时间。

其实许弘斌早已知晓，但他没有说破。他曾想办法挽回，可事情发展的早已出乎意料。所以他宁愿加班，也不愿意面对小菀。他害怕结局。

纠缠得太久，人人都没了力气。小菀终于还是决定要开诚布公地谈。一天晚上，她很晚才到家，没想到许弘斌正安坐在客厅里，等她回来。

"你怎么还没有睡？"小菀晚上和那个男人出去了，她心虚得紧。

"我在等你。"

"哦。"小菀不知道该说什么。

"菀儿，告诉你两个好消息。"

"什么好消息？"小菀心里稍稍松了些。

许弘斌把几张信用卡递给了她，高兴地说："今天把所有的信用卡都还清了，开心不？呵呵，我已经全部都打电话申请取消了。现在，你帮个忙，把这六张信用卡全部剪掉吧，剪得越烂越好。以后，你不准再用它们。"

小菀也很开心，去拿了剪刀"咔嚓咔嚓"地把信用卡全部都剪成了不规则图形。

"你答应我，以后不要再用信用卡，可以不？"许弘斌半是央求地问道。

小菀觉得自己做不到，现在这世界没有信用卡多不方便啊！但又不想让许弘斌失望，便点点头。

许弘斌见她答应了，随即说出第二个"好消息"。

"小菀，我们分手吧！"

尽管小菀有所预料，可还是结结实实地吃了一惊，短短的几秒钟，小菀从云端跌到了谷底。自己的一切他都是知晓的，他什么都知道！他或许早早就已知道，却一直隐忍着，还努力地为她还清所有的信用卡债务。许弘斌，你太坏！你这么做，是想让我一辈子对你心存愧疚吗？

小菀这才看到房子比平日里空了许多，许弘斌已经将他的物品全部搬走了。不，小菀想起来，这些东西不是一下子消失的，她前些日子就发现家里不见了好多东西。原来他早有准备，她却粗心地没有发现。

小菀哭了，她的心很痛，尽管她心里早已有了另外一个人的位置。泪水把小菀的妆弄花，衣衫弄乱，头发弄湿，她都顾不上了。那些外在的美丽是留给另外一个男人的，在许弘斌面前，她始终是假贵族真邋遢。

"别哭了，小菀。"许弘斌帮她擦干眼泪，强忍着心痛，"答应我，以后不要再透支那么多钱，留点钱在身边才是最可靠的。你记不记得你上次感冒，舍不得去医院挂号，说医院开的药都贵，后来就只在一个小药房拿了一盒最便宜的。其实我想对你说，感冒的时候，药就比你的名牌包包更管用。当然，如果有人能给你富足的生活，那……

那是更好。"

小菀此刻已经完全忘了另外那个男人，只剩下和许弘斌分手的悲痛，心如刀绞。她大哭着吼许弘斌："你口口声声说爱我，现在却这么轻易放我走？你以前说的全是假的，就这么就分开了吗？你一点都没有为挽留我做过努力。"

许弘斌抬起泪眼望着她，"轻易？怎么是轻易？整整一年了，你在一次次欺骗我的时候，有没有想过我的感受？从来没有吧？如果你爱我，就不会再去爱别人，那我们还在一起又有什么意义呢？"

许弘斌说完就走了。没有回头。

小菀再也无力追出去，一个人疲疲软软地坐在地上，哭得肝肠寸断。

曾经海誓山盟的校园爱情，就这么"轻易"地画上了句号。

人忘记一段感情最快的方式，就是马上进入另外一段感情；人要对前任还有所思念，往往是因为后面那一个没有前面的好。小菀和那个男人每次见面，她都要精心化个妆，都是去些格调很高的地方，不精心打扮是不行的。唯有一次，因为突然要和那个男人共同出席一场婚宴，小菀来不及化妆，顶着大素颜去了婚宴酒店。结果，嫌她不化妆的男友和她狠狠地吵了一架。

"就算用你平常用的那些平价化妆品，你也好歹化一化啊！女人出门不化妆就和不穿衣服一样，很难为情的。小菀，你这样让我很没有面子。"

小菀甩给那男人一个耳光，转身走了。

那一刻，小菀好想许弘斌。

曾经沧海难为水

这是 DMC 公司的一场面试。会议室中，一边是应聘者漂亮女孩李雪，另一边坐着的，是四个正襟危坐的面试官，其中就有 DMC 运营部总监李克俭。李克俭肃着一张脸，静静地听着应聘者的陈述，不发一言。

李克俭告诉李雪："我们部门的工作强度很大，经常需要加班和出差，如果计较正点上下班时间的人是不适合的，怕吃苦的人也是不适合的，你能适应吗？"

听了李克俭稍带有情绪的话，另外三位面试官互相使了个眼色，会心地笑笑。平日的工作里，他们习惯于李总的说话做事风格，倒也不觉得奇怪。李总好像从来都是严肃的，很少能看到他脸上有灿烂的笑容，来公司几年的同事和下属，见过李总开玩笑的次数都屈指可数。况且那些玩笑都是干巴巴的，说者没感觉，听者也没感觉。

但是关于李克俭，公司却一直有个花边传说。传说中，李克俭不喜欢两类女人，一种是城里女人，一种是漂亮女人，尤其不喜欢城里的漂亮女人。传归传，但很少人知道这到底是为什么。

反观李克俭身边亲自招聘来的下属，确实都是相貌平平，衣着朴实无华的类型，一个娇艳的都没有。这也让关于他的传闻越演越盛，人们开始认为，他肯定是在漂亮女人那里受过伤，云云。

此时，被李克俭这么一问，李雪自然要表表决心，她热情满溢地回答："加班和出差都没有问题，我以前的工作也常这样的呢。"

李克俭不露声色，又问了几个问题，面试便结束了。李雪刚出门，李克俭就在她的简历上面画了一个大大的叉，随手放在一边。人事经理急忙问他的意见，李克俭笑笑，"跳槽过于频繁，人不真实，不是工作的料。"

最终，李雪没有进入 DMC 公司运营部，被录取的，是另外一位来自农村的应届毕业生小耿。如此一来，关于李克俭不喜欢漂亮女人的传闻便甚嚣尘上了。

"你们说的都不对，我上周六和闺密喝咖啡，看到李总了，他和一个很漂亮的女人在一起，那女的皮肤特别好，而且好有气质啊，一看就是养尊处优长大的。相信我，我肯定没看错，这么说来，李总也并不是讨厌漂亮女人啊。"

"这倒稀奇了。"大家都有点不相信。

那个同事真的没看错，那个周六，李克俭真的和苏晋西在一起。而苏晋西，就是李克俭喉咙里拔不掉的刺，一个不经意的吞咽都会疼。也是她，让年近四十的李克俭曾经沧海，一直未婚。因为不婚，李克俭的父亲为此差点和他断了父子关系。

李克俭的父母都是传统的人，儿子若是将来没出息，打铁撑船卖豆腐，这都是可以的，可是不结婚那就是天大的不孝了。李克俭这么多年不谈恋爱不结婚，父亲生闷气，一根接一根地抽烟，老妈便一把接一把地抹眼泪。李克俭的心倒是越练越硬了，就是不肯将就，不肯随便找个女人凑合。李克俭觉得，灵魂之爱才是他要追求的，否则宁愿孤独终老。

为此，父母都恨极了那个苏晋西。

苏晋西是李克俭在一个慈善机构认识的女子。李克俭曾是个穷孩子，从大山里飞出来的金凤凰，等他考上大学，又有了点出息后，他开始为家乡人捐赠，金额从小到大，很多人都受过他的帮助。但他所做的一切都是匿名的，他没有让别人知道这些。

苏晋西却和他不一样，她出生在书香门第，父母兄长都是大学教授，她自己在某国的驻华大使馆工作，还是小有名气的作家。从小衣食无忧，琴棋书画样样涉猎。古人说腹有诗书气自华，苏晋西的美，是街头巷尾的庸脂俗粉们不能比的，和"漂亮"比起来，她足以担当得起"美丽"二字。

两人在某慈善机构相遇，一个是为了自己的家乡，一个什么都不为，只是一种习惯。因为两人捐赠用的都是匿名，所以，工作人员对两位的品格不由得心生敬意。

"二位这样做好事不留名的人，现在真的不多见了。"

李克俭笑了。在公司以外的地方，他的笑容比较多。他说："我倒没那么伟大，就是怕父老乡亲知道了又敲锣打鼓地搞形式主义，更怕我爹妈知道了，说我钱不往正处花。"

苏晋西也笑笑,"我也没那么伟大,我本是受人所托,自己再添一份罢了。"

两人就这样认识了。慈善中心旁边的那个奶茶店,两人叫了两杯普通的奶茶,聊了整整一下午。那天下午,李克俭的话很多,在此之前他从没有说过那么多的话。

李克俭给她讲自己的故事,那些曾经的苦难,经过岁月的洗礼,在他嘴里已成趣事。"我不是富豪,我也是个打工的,收入比很多人高点罢了。虽然钱不多,但对山里的人来说就很多,所以我的生活已经很节俭了,但我爹妈还是很受不了。他们现在跟我住,虽然正慢慢接受我的消费方式,可我家里经常还是乌七麻黑的,因为二老舍不得开灯。还有因为我天天洗澡的问题,已经和我谈过好几次了,说以前在村里一年才洗一次澡,也没有变臭嘛,哈哈!但,我是理解他们的,因为我平常请客户随便吃一顿饭,是他们在村里一年的开销,我是经历过那种生活的,我知道。所以爸妈不开灯,我也不开灯,安安静静的,却找到一些别的心境来。"

苏晋西却说:"我也体验过。大学刚毕业时,爸妈让我去贫困山区支教过一年。很好玩,你知道那时还有个男青年爱上过我呢。"

李克俭哈哈笑着,问:"那你怎么答复人家的?"

苏晋西很诚实,她坦诚地回答说:"我和他不是一个世界的人,我喜欢那里,但我并没有真的想要过那样的生活。"

李克俭心里一颤,随即笑笑,"你很坦诚。"

人类的文明是向前的,接受了好的,谁都不愿意回头再过差的生活,何况人家从来就没在那样的环境中成长过。矫情的人们会说,在山里多么好，空气新鲜，蔬菜新鲜，那山都是绿的啊，水都是清的啊，夜晚都是璀璨星空呀，如何如何。可这种新鲜都只是暂时的，如果你说"那你一辈子就在那里吧"，他九成是不愿意的。

李克俭明白，苏晋西愿意支教，愿意捐款，愿意做很多的事，但她并没有要生活在那里。因为这是两码事。

苏晋西半开玩笑地说："你既然是匿名捐助，不想让乡亲们知道，那为什么不用别人的名义来做这件事呢？我也是受人之托做这件事的，不如，你也以他的名义？"

李克俭犹豫了一下，终于还是点点头，说："可以。"

苏晋西的脸，还有微笑，让人无法拒绝。在职场上叱咤多年的李克俭，看过多少尔虞我诈，陷阱背叛，但对苏晋西的要求却一口答应了下来，并没有过多的顾虑。

认识苏晋西后，李克俭的生活有了色彩，他的生命里还没有遇到过一个如此美好的女人。她看似娴静文雅，不争不抢，却又很有主见，她很好地经营着自己的人生；她极有修养，很少见她对人红脸，却又不矫揉造作，那是一种自然而然地涵养流露；她精通两门外语，读过万卷书，行过万里路，博学却极少卖弄。

李克俭曾经去过她的家，那犹如图书馆一般的一扇扇的通天大书柜让李克俭目瞪口呆。由此，他明白了，不仅是那位在她支教时向她示爱的男青年和她不是一个世界的人，连李克俭自己，也不是。

"这些书大部分都是我爸爸和哥哥的。"看透了李克俭的心思，善解人意的苏晋西及时宽慰。

但在李克俭心里，他和她的差距还是有了，而且从不曾消失。

两人进入了爱情。那三年，是李克俭一生中最快乐的时光。李克俭，在大学时真的很克勤克俭，小小年纪就做买卖养活自己和家人，又凭一己之力在毫无关系圈的陌生城市打拼了自己的事业，这些在苏晋西眼中皆是满满的魅力；而苏晋西，虽从未进商业圈，却通情晓理，能在关键问题上给予李克俭极有用的建议，时间长了，李克俭每有问题都会依赖她。出国旅游时，苏晋西是最好的女伴、翻译和保姆；短途旅行时，李克俭是最好的导游、司机和保镖。

李克俭对待自己的人生，只有"感恩"二字，他从此再别无所求。

苏晋西从没有带李克俭见过自己的父母，只安排他和哥哥吃过一次饭，李克俭尊敬她，也从不强求。可李克俭却是主动带苏晋西见自己的父母了，在那顿饭局上，尽管苏晋西一如既往的有礼貌，但那也仅限于礼貌。李克俭强烈地感到对方与自己的父母格格不入，那是永远都无法跨越的鸿沟。

是啊，他们本是天壤之别的两个家庭。苏晋西不会从此而改变自己，父母更不可能改变。那种牛头不对马嘴的句句对话，听得李克俭直想逃离现场。

所有的矛盾，全激化于结婚和生孩子这两个事情上。

在李克俭双亲的心里，女人，就是贵为王妃，也就只是个女人，就是要嫁人生孩子、侍奉公婆的，男人才是一家之主，何况他们的儿子这么优秀。你一个女人学历再高，再优秀，再性情好，如果生不了孩子的话，你的价值就不如他们家里的小保姆。

苏晋西诚实地告诉李克俭的双亲，自己有先天性心脏病，医生说生孩子很危险。

二老脸色"刷"一下变了，李母说：他们村的谁谁谁，也是有心脏病来着，还不是一样生了孩子？

苏晋西笑笑。

李克俭马上打圆场，说："妈，我们这只是吃一顿饭，还没有谈到结婚呢。爹，妈，你们不要急着说这个。"当然，这番话是用他的家乡话说出来的，苏晋西只能听懂一半。

李母说，村里的谁谁谁，说了一个媳妇，两个月就办了事了，第二年就生孩子了，你们这两三年了都不说结婚，这算怎么回事？都老大不小了。

那时，苏晋西才二十八岁，比李克俭小好几岁。

可是，李母按虚岁说，那就是二十九了，这真的太老了。村里的谁谁谁，三十七岁的时候已经当奶奶了。

一顿饭局不欢而散。苏晋西从头到尾都没有解释太多话，二老是长辈，是她爱着的男人的长辈，她就算不敬重他们，也必须以礼相待。

饭后，李母坚决不让李克俭送苏晋西回去，直说自己头疼难忍。苏晋西说没事不用送了，让她哥哥来接就可以。李克俭不放心父母，便很不情愿地告别了苏晋西，送父母回家去了。

只是没想到，这一晚的离别后，李克俭在很长时间内都没有再见到苏晋西。

"如果你还爱我，就尊重一次我的决定。我们暂时不要见面好吗？"这是苏晋西当晚发给李克俭的短信。

无数个电话回过去，都找不到她。那天晚上，李克俭像被掏空了一般，整个人都垮了下来。

这边，李克俭的父母也不让儿子再找苏晋西，满嘴都是关于苏晋西的坏话。说城里的女人都娇惯，一个心脏病就不生孩子了。还有，那么漂亮你怎么能管得住？李家不能断了香火，如何如何。李克俭心烦意乱，一气之下就常常在公司睡了，连家也不想回。

苏晋西那个捐款的账户，李克俭还会每月固定往上面打款，收到，还是没收到，从来得不到一点回音。一年后，李克俭回老家，发现村口的河上多了一座宽宽的桥。他去问村长，村长告诉他，这是有个好心人出钱给建的，用的全是好材料啊。那个好心人的名字，正是苏晋西的那个朋友，他们委托名义的那个人。

村长还说，那个人啊，还给村里建了一个教学楼，质量可好了，花了好多钱。不仅有楼，还有篮球架、乒乓球台、一个小型的图书室，学生们每天的午餐还都有肉呢。

李克俭知道，自己捐的那些款并不够做这么多的事，苏晋西和那位未谋面的朋友出的才是大头。他眼眶湿湿的，对村长淡然地说："嗯，世上还是好人多。"

从此后，李克俭开始封起了内心，心里再容不下别人。

再见苏晋西时，已经几年过后。她大病初愈，脸比以前更白了，只是那美那气韵依然还在。苏晋西还是淡淡地笑着，告诉他，说自己今生都不可能嫁给他，自己是个病人，也不能为任何一个人家延续香火，那是不属于她的属命。还有，她害怕婚姻。

李克俭说："我懂。"

从此，李克俭只埋头工作，定时捐款，并且，用一种极端的方式表示了他对苏晋西的思念。他父母眼中所不齿的城里女人，漂亮女人，他也不再近身。一为让父母少操心，二为曾经沧海，他的心里还没有空出位置来，没法放另外一个人的名字。

前些日子，苏晋西结婚了，嫁给了她哥哥的一个同学，那男人是二婚，已经有孩子了，所以她无须再承担压力。但只有她清楚，自己的结婚只为让李克俭死心，况且那个男人对她很好。苏晋西想让李克俭正正常常地去结婚生子，去完成他父母给他的使命。

他父母本也是没有错。老一代的人，一生的愿望，不就是那结婚生子那些事吗？

于是，上周末，就是被李克俭的下属撞见的那一次，苏晋西把喜帖交到他的手中。李克俭不敢看，良许，他看着苏晋西，轻轻地说："你的婚礼，我就不去了。"

李克俭知道，苏晋西也知道，他们也许没那么勇敢，不能像电视剧里的男女主角一样不顾一切飞蛾扑火地在一起，但阻挡他们的并不是李克俭的父母，而是两个家庭之间深深的鸿沟，那是永远都不可能彼此融入的两种生活。不能生育只是一个理由，一个说起来不容拒绝的理由而已。

苏晋西结婚的那天，李克俭一个人在酒吧，喝得酩酊大醉。

"烦你"和"Funny"(有趣)

"啪!"一记重重的耳光扇在了贝申的脸上。

贝申怔了怔,随后怒视着欣欣,眼睛血红,瞪得她有了几分害怕。

欣欣这一巴掌挥得太过于突然,想收时已经来不及了。她自知理亏,又怕贝申发作,于是聪明地先示弱,抱着脑袋"呜呜呜"地哭起来。

看到欣欣哭,贝申更加心烦意乱,刚挨了一巴掌的他没有心思去哄她,更任由她在那里哭不停。哭累了自然就停了,我不信你能哭到明天上班去。

"你一点也不关心我!"欣欣见贝申好久没理她,早忘了自己刚才赏人家一巴掌的事,倒先觉得自己委屈起来,哭得更凄惨了。

贝申转身就走,走到门边换鞋时,欣欣朝他狂吼:"你永远都是这样,一生气就摔门往外走,从来不管我的死活,男人怎么可以这样?"

贝申气急败坏地问她:"留在这里等你再给我一巴掌吗?"语气冷

冷，过度气愤的脸拧结得表情沉重，看起来很吓人。欣欣知道男人一旦狠心要走，那是八头牛也拉不回来的。她指着门大吼一个字："滚！"

一声巨响。贝申滚了，带着重重的摔门的声音。

又一声巨响，是欣欣一怒之下将手机摔在门上的声音。

门被砸出了一个小坑，手机四分五裂。

两人在一起才一年半，但吵架的频率早已爆表。楼下和隔壁的邻居们早已习惯他们家经常发生玻璃碎裂的声音了，清脆响亮，每次都像爱情的丧钟。

欣欣每次歇斯底里完都要后悔，清醒的时候，她便知道女人这样其实是很不好的，女人怎么可以这么穷凶极恶？这只会让男人越来越烦，也会让自己的眼泪越来越没价值，还给人留下一个修养不好的坏印象。

这次她动手打了贝申，更是追悔莫及，不管对方有什么错她都不该动手。一个大男人被女朋友打一巴掌，虽然没有人看见，但他的自尊心估计也损得不轻了。更何况，人家也没什么错，仅仅是因为最近加班多了，欣欣有意见，情绪不好，所以一句误会的话，便引爆了这场战争。

当时欣欣在一边闹情绪，贝申正在看一场球赛，球场上突然出现一个滑稽的乌龙球，贝申觉得好笑，便自娱自乐地说了一句："Funny。"

"什么？"敏感如雷达的欣欣马上翻了脸。

"什么'什么'？"贝申正投入地看球，听到欣欣这样问，不得要领。

"你刚才说什么?"

"我说这球赛很有趣啊,Funny。"贝申笑着说。

"你明明就是说'烦你',我很烦是不是?"

没等贝申解释,欣欣已经像机关枪一样开了火,"如果觉得我烦你,那我现在就走。你看你的破球赛去,加你的破班去,和你的那些狐朋狗友见面去。这个星期我们只见过一次面,你问问哪个热恋中的情侣是这样的?我不求你给我买东西,没车没房的我都不在乎,我只求你能够多陪陪我,这点要求也多了吗?前天晚上给我打电话,才说了半个小时你就烦了,你以为我听不出来你急着想挂电话吗?"

贝申急着解释:"我前天晚上在加班,加到一点钟,有一堆的事情要做。"

欣欣撇撇嘴,"谁知道是不是真的加班。"

贝申也生气了,"这就是你无理取闹了!"

欣欣受了气,觉得万分委屈,于是把认识贝申之后所受过的委屈一个不落地全抖了出来,这时候女人的记忆力是最好的。但是这些话贝申已经听过无数遍,每次吵架都能回顾一次自己的历史,而且次次都有新内容。欣欣在那里喋喋不休,像没有净化过的唐僧一样没有结束地说话,贝申终于受不了了。

贝申红着眼,对着欣欣说:"我现在是真的有点烦了。"

欣欣又一次大哭,"你终于承认了。"

所以,英文一定要学好,发音不准,就有可能会引发一场血案。

印象中,贝申没有发过怒,和大多数男人一样,每次吵架都是做沉默的那一个。那天,积蓄压抑已太久的贝申终于爆发了一次,收获就是欣欣赏给自己的那一个巴掌。这让贝申顿悟道，跟女人吵架，胜利的一方必须是女方，爆发与不爆发，自己都赢不了。

分手！

欣欣把摔得五马分尸的手机重新组装起来，开了机，给贝申发了这条短信。"分手"两个字，说在欣欣嘴里，只怕早是没有了意义，因为说过的次数太多，两人听着都审美疲劳了。

以往的争吵，总是以和好告终，和好后的两人都觉得感情比以前更好了。欣欣不知从哪儿听来一个道理，说争吵也是爱的最深的表现形式，说明两个人爱得痴狂，还能争吵说明两人还是在乎对方的。她把这个道理讲给贝申听，贝申听了大声耻笑："你们女人就喜欢把谬论当真理，真不知道这些理论害死多少人！欣欣，不会有人想过那种成天吵架的生活的，现在的人已经很累了。"

这一次，欣欣等来了贝申的短信，只有一个字："好！"

这个"好"字，让欣欣彻底崩溃了。

贝申三天都没有回家，他关了手机住了三天宾馆，正常上下班。欣欣虽然很情绪化，但还没有无理取闹到要去贝申公司去找人的地步，她明白，如果去了，那他俩就真的完了。

这次欣欣真的慌了，她并不是想真的分手，只是每次情绪来了控制不住自己。她恨自己的情商太差了，每次争吵都是自己既占尽上风，但其实又很被动。她突然发现其实无论如何哭闹，在爱情中总是被动的，男人的冷与沉默，才是最大的撒手锏。起码，她根本无法把握好贝申，也无法把握好他们的爱情。

三天后，等来了贝申真正的分手要求。女人说千万次"分手"，把这两个字挂在嘴上，但最后也不会分手，顶多只是女人的一些小情绪小脾气罢了。可男人说出来，就多半是真的了。

贝申下班后约欣欣去吃饭，欣欣用心打扮了一番，奔赴约会地点，一个建在公园内的咖啡馆。欣欣的情绪早已平复，来得快去得快，她已经准备好和以往任何一次吵架一样，吃顿好的就和好了的结局。看着已经没事人一样的欣欣，贝申始终下不了决心说出那两个字。挣扎再三，他还是说了。

"欣欣，咱俩还是……分开吧。我累了。"

欣欣愣在那里，好容易回过神来，脸已经气得要抽搐了。她赌气地说："分就分！你以为你谁啊？"话刚说完，眼泪已经淹没了脸，泣不成声。话是骗人的，身体是诚实的。

贝申看她哭了，一时之间又有点心软了，他忙不迭地抽出纸巾递过去，欣欣没有接，贝申便欠起身子为她擦眼泪，"别哭了，这么多人看着呢。"

欣欣可顾不上那么多，哭着说："你已经很久没有为我擦过眼泪了。"说完，哭得更凶了。

贝申也为之动容。他现在心里有两个声音在挣扎，有一个声音告诉他：要狠下心来，不要相信女人的眼泪，难道你忘了她那么多次的疯狂了吗？另外一个声音却在说：欣欣起码是爱你的，一个不爱你的人，也不会为你落泪，你要包容他。贝申只觉得头胀得很痛，欣欣在对面嘤嘤哭泣，他却在狠心地向她提分手。贝申一时不知道该怎么办了。

他拿欣欣从来都没有办法。

"欣欣，欣欣，你别哭，你听我说……对不起，就当我是个负心汉吧，我……"

"分吧！"欣欣打断他，她努力控制情绪，揩了揩眼泪，说，"我听人说，一旦男人说出要分手，就不要心存什么幻想了，就算这次不分，以后也会分。你说分，我不会再求你，如果我们还有缘，你再来追我吧。不过，等我变得既美丽又温柔，恐怕你就配不上我了。"

贝申听到欣欣的表述，倒先小小地吃了一惊，他习惯于那个哭哭啼啼、反复无常的任性女孩，也已经计划好了今天要被欣欣大闹一场，甚至已经准备再迎接欣欣的一巴掌呢。贝申没想到会分得这么容易，欣欣的表现让他很意外，那是他从未见过的一面。要说人就是贱，欣欣那么痛快地答应分手，贝申反倒有些后悔了。

贝申也哭了，他心里一样难过，只是不知道该如何说下去。过了一会儿，贝申说："欣欣，这一年多的时间，谢谢你。是我不好，你不用为我难过。"

欣欣红着眼睛说："不用说了，我知道，不用说出来。贝申，我们这算正式分手了吗？"

贝申艰难地点了点头。

欣欣自嘲地笑笑，只是这笑容既苍凉又憔悴，看得贝申如万蚁蚀心。"比离婚简单多了，"欣欣说，"那从明天开始，我就可以去和别的帅哥约会了。"

逞强支撑不了多久，欣欣说完这句看似解脱的话，却再也平复不了情绪，抓起自己的小包冲出了咖啡馆。贝申没有追，也没有喊她，怔怔地坐着，望着欣欣渐行渐远的背影。

分手后,欣欣换了电话号码。

要说这个城市,想要遇见个熟人还是很难的。分手后,贝申很长时间都没有欣欣的消息。

两年后,两人在这个城市新开的一个游乐场碰到了。贝申依然是一个人,欣欣身边却已经有了一个高大威猛的帅哥,欣欣依偎在他身边,俨然一幅小鸟依人的画面。

贝申在远处看了他们很久。欣欣时不时一下跃到帅哥身上,或是吃一口他手里举着的冰激凌,然后快活地跑开。那个高大威猛的男人看起来壮壮的,心却似非常细,他帮欣欣拎着包,手里举着她要吃的冰激凌,脑袋上还戴着一款女式太阳帽。太阳帽尺寸太小,戴在他的脑袋上很滑稽,贝申认得那个帽子,是欣欣的,一定是欣欣戴着觉得热了,转而扣在了男朋友的脑袋上。

还是那个任性的欣欣。可为什么同样的任性,贝申曾经觉得很烦,现在却觉得可爱呢?是身在福中不知福,还是只缘身在此山中呢?

那个男人看起来比自己更会包容,或许他才更适合欣欣。贝申这样想着,也没有上前去打招呼,他不想给欣欣增加困扰。不给她增加困扰,或许是他唯一能为她做的事了。

嗨，好久不见

十年的大学同学聚会，她终又看到了他。

他有些发福，少年棱角分明的脸已变得浑圆，他结了婚，已经是两个女儿的父亲。她依旧单身，是个外企白领，在没有他的另外一个城市里过着自由又精彩的生活。

再见面的第一眼起，他眼睛一亮，她却比他淡然。事后她想起来，可能是因为对方的生活早已是千差万别，而她自己却没有变。十年未见，她的记忆里的男人，该是从前的样子。

"好久不见。"她淡淡地说，带着得体的笑。这么多年，她早就长大了，面对着很多不同的人都成了一种笑容，很职业，很没有温度。

"芃芃，你越来越漂亮了。"

麦芃芃笑着回应："谢谢。"

身边的老同学们闹腾着起哄："波子，芃芃，要不要给你俩单独开辟个安静地儿，好叙叙旧啊。"

"好啊!"

"不需要!"

这是男人女人一前一后的声音,那么清晰洪亮,清晰得旁人都能看到他们彼此的心里话。

麦芃芃不是不知道,结婚多年的男人这个时候也该进入婚姻疲惫期了,外人眼里的幸福圆满并不能填补一个人内心的空虚和无奈。像芃芃这样青春依旧的丽人站到他们面前,很容易荡起他们内心的小波澜,尤其是曾经还有点故事的。

而芃芃不喜欢这种情愫。

范波和麦芃芃是七年的校园恋人。高二时相恋,然后两人相约上了同一所大学;大学四年雷打不动的情感羡煞旁人。可是毕业后的第二年,两人却分手了。真挚的爱情依旧挡不住现实的考验,仅仅是一个私营企业老板的女儿,便轻易地将两人七年的情感画上了句号。

多么俗滥的一个故事。

麦芃芃的姐妹们曾经联手把范波骂了一个狗血淋头,芃芃自己却很快看开了。爱了七年,这么散了,总比进入围城后再散了的好。那个老板的女儿成了他们爱情的试金石,而范波没有经过那一关。

呵呵,什么情比金坚,不过尔尔。时间才是最好的见证者。

麦芃芃在后来的这几年交过两个男朋友,都以分手告终。拖着拖着,就成了漂亮的大龄女青年。

那天的同学聚会上,范波喝得酩酊大醉,借着酒意,他语无伦次地吐了吐真心话:"芃芃,我一直想和你说对不起,我特别对不起你。但我也有难言的苦衷……"

"都过去那么久了，不要再说这些啦。"麦芃芃语气轻松。在范波心中顶重要的话，对芃芃来说已无所谓。

"不，你真的要听我解释，我欠你一个解释。我后来就再也找不到你了，不，不，是我不好意思去找你。所以，我很多事没有对你说清楚。"

"我说过了，这都已经过去了。范波，你现在有妻子有孩子，生活美满，珍惜眼前的生活就是了。放心，我不恨你，这事在我心里早翻篇了。"麦芃芃阻止他继续说下去。她觉得好笑，范波的话让她有些反感。她见过太多因为婚姻无激情而在外面寻找"真爱"的男人了，她最不屑的，就是和已婚男人玩暧昧。

"好吧，你不想听，就算了……"范波有点沮丧。发了福的身材，因为酒精而红透的脸，还有沮丧的眼。

看着范波，麦芃芃终究有些不忍。她突然想听听范波的解释，可又害怕听了以后，事情向别的方向发展，他是已婚男人，本不该矫情了，就算有恩怨情仇也早该放下了。芃芃狠了狠心，说："有些话还是咽在肚子里的好。"

旧事可以想，但旧梦不需要重温，时过境迁，一切早不是原来的味道。

同学聚会后，芃芃回到了自己的城市，继续自在的生活。芃芃发誓以后再也不参加此类的聚会了，她害怕范波那么热切的目光，更害怕自己平静的生活就此打破。可是，范波并没有就此罢休，聚会结束后隔三岔五地给芃芃打电话，如此反复几次，芃芃就真的烦了。

"范波，你现在做的，可不是一个有理性的成年人该做的事。你要是想在婚姻外寻找激情，或是想找初恋的感觉，真的找错人了。"芃芃终于拉下了脸。芃芃对感情从不拖泥带水，分了就是分了，暧昧不适合她。

范波说："我们还是朋友。"

芃芃笑，"我是从不认为分手后还能做朋友的，除非没有真爱过……"想想这句话好像容易产生歧义，遂又补救说，"两个曾经有过感情的人，分了后还怎么可能和朋友一样？还有，既然选择了别的爱人，又何必吃着碗里的看着锅里的，男人都喜欢这种成就感吗？"

范波被噎得无言以对。他知道了对方的心意，决定不再纠缠芃芃。

挂了电话后，芃芃把范波的电话加入黑名单。从此，他的任何电话和短信，芃芃都再也看不到。

麦芃芃曾经对范波有怨怼，就像每对恋人的分手一样，总有一些伤。但这种怨怼早已烟消云散，怨，也是因为放不下，而以芃芃的个性，她怎么可能放不下。

青梅竹马并不能代表什么，纯真时代的相遇，并不能预测未来的万千变化。芃芃和范波在一起那么久，范波从来没有带芃芃去见过他的父母，而和私营老板的女儿才见了两次面，就吃了亲家饭了。当你满怀期待和另外一个人共同创建未来，而人家的未来里却根本没有你，这样的感情根本无须纠缠。

范波要解释的话，芃芃大概能猜到是什么。当年范波提出分手时，并没有什么解释，他欲言又止，终究还是觉得自己有错在先，说什么都没有意义。芃芃自尊心很强，加上一些事情她都有所耳闻，所以不费力气两人就分手了。

那个所谓的解释，范波在心里藏了好多年，而芃芃却早已经知道了。

范波的爸爸在那个时候犯了事，要赔一笔数目不小的钱，还有可能要坐牢。在举家一筹莫展的时候，私营老板出面为范波的爸爸解决这件事。因为私营老板人脉广，他反复替范父周旋，并且愿意借一笔钱帮他们渡过难关，唯一的条件，就是希望他的女儿能嫁给范波。

范波就这样"被逼无奈"地娶了私营老板的女儿，那个已经结过两次婚的骄纵蛮横的女人。

这些，芃芃都知道，她好早就知道了，那个城市本就不大。只是，不管是不是真的有苦衷，既然对命运做了选择，就要承受命运对你的所有回馈。也许对当时的范波来说，这是最好的救父的方法，他抛弃了初恋，独自吞饮了多少苦痛与悔恨，只有他知道。但至少，他现在看起来过得不错。

所以，一切都可以交给时间。

其实芃芃早已原谅了他。很多时候，原谅就是，不再爱了。

范波，这么多年，我不信你真的联系不到我，我们是同学，有很多共同的朋友，无论哪一个都能有我的消息，那你为什么非要选在同学聚会之后向我解释呢？你生活得很好，发福了，满面红光，在一些比较潦倒的同学面前，还有那么一些低调的一点都不明显的优越感，是个人都能看出来，你对现在的生活很满意。唯一不满意的，可能是你的伴侣并不尽人意，你现在有钱了，想再寻求一下所谓的"真爱"罢了。

芃芃已经不是小女孩，她清楚地知道自己的内心。一切都是过去式了，她可不愿意和那个结过三次婚的女人去上演斗智斗勇的狗血戏码，她要的感情就是简简单单纯纯粹粹的，她没有力气去做那些无聊的事。

有些人，在心中很难忘掉，但却可以视而不见，和对待其他任何一个朋友一样，并无特别。当一段感情已烟消云散，唯一能做的，就是轻轻放下。

PART 3

时间，都去哪儿了

年少时候，不懂乡愁，铆足了劲儿离开自己熟悉的那块土地，乡音，乡亲，乡味，听起来并没有那么亲切，叛逆的心，恨不能从此远离身上这些土土的标签。

　　长大以后，人在异乡，满脑子回忆的却都是小时候的故事，那山，那水，那人，生活中越来越少的交集，回归的心，终于可以自豪地向他人讲述家乡的美好。

　　梦境中的自己，总是长不大，永远十几岁的样子，住的还是未装修过的老房子，还是那个暗暗的厨房，还是那些自己很少想起的儿时玩伴。本以为很多人早已从记忆中抹去，但深刻在骨髓里的情意，总是在梦境中，诚实地告诉自己。

　　故乡，亲情，是人一生中最割舍不掉的牵挂。

如果妈妈不会上网

好朋友的妈妈很时尚。博客流行时,写写博客;微博流行时,又开始写微博;聊天软件也会用,微信也会发,还会弹琴唱歌;朋友开一个网店,妈妈也能帮着打理和发货。总体来说就是一个与时俱进的潮流阿姨。

我不止一次地羡慕她,"我妈要是有你妈这么时尚就好了。"

于是,我曾想,等妈妈能在身边时,我一定要教她上网,再给她买个最好的平板电脑。

可是,等妈妈真的来了,我根本没有教她的心情了。大部分的时间里,都是一个三十多岁的我在享受着妈妈所制造的一切幸福。有时候也想抽空教教她和爸爸,学会了,等他们回去就能和我视频聊天了,可一天下来,东搞西搞,就是没有教过他们上网。

爸妈都知道网店,知道手机支付,知道现在大多数事情都可以利用网络来进行。但他们不会自己用,有什么东西也都是嘱托给我帮着买。但是能看得出来他们内心是希望学到这些新知识的。

妈妈曾经问我:"现在网上买火车票,应该还会留一部分给火车站的售票窗口吧?"

我说:"是的。要不农民工啊,不会上网的老人们啊,就买不到票了。"

妈妈说:"我也抢不到票了。"

听到这些话,我心里总是像洗脚水冲牛奶,很不是滋味。

父母因为不会的事情越来越多,对我们的依赖性就越来越多。吃顿饭都是手机支付,有优惠券、代金券,父母不会使用,就会多花钱;办个宽带或手机套餐,服务人员讲的内容越来越难以理解,充多少返多少分多少次返,这里面包含这项那项的服务,这个88元套餐和那个128元的套餐有什么区别,听得人云里雾里。父母总是怕办错了,于是,这些事情也就越来越少去涉及。

所以,妈妈最爱说的一句话,就是"还是以前的那个什么什么好"。

以前多简单啊!没有信用卡,有多少钱花多少;手机套餐也简单,一目了然;以前买火车票拼体力就可以了;以前的物品上面没有现在这么多的英文,经常看不懂是真的进口还是假货;现在银行办个业务都要绑定手机,还要接收验证码,觉得好复杂……

妈妈也知道,时代进步了,她经常感叹现在的科技真是发达。她所回忆的除了一切都很纯朴的生活,还有就是以前的花样年华里,他们学什么都那么容易。父母也曾年轻过,在意气风发的年纪里,因为无所畏惧,生活看起来是方便的。

我妈妈不会上网,也不会太多时尚的玩意儿。有时候跟他解释一个新鲜的事物,说两次她还不明白的话,自己就会不耐烦。但事后,很快就会后悔，然后再死皮赖脸地去讨好她。

好在妈妈总是妈妈，从来不计前嫌。

"妈，你怎么又问？我都说了几遍了。"

"妈，鼠标是这样用的。哎不对，算了，我不教你了，教不会。"

就差把"你好笨"这句话脱口而出了。

虽然妈妈不计前嫌，但我们却在她本来就自卑的心理上再添了一把盐，伤害了最亲的人却不自知，还沾沾自喜，感叹自己的能耐与妈妈的笨拙，多可恶呢。

妈妈不在身边的时候，我从来都没有蒸过馒头，事实上，我不会做的事情有很多。上次妈妈来上海，苦口婆心地教了我半天如何蒸出好吃的花卷，可她回去后，给我留下的安琪呀、苏打什么的隔了数月依然未开封，而她教我的方法，我也早忘记了。

某天，我突发奇想要提高生活品质，想蒸一点好吃的葱花花卷来吃，于是开始在网上搜索方法。网上教的方法五花八门，总觉得不放心，想了想，还是给妈妈打电话询问。

老妈又在电话里不厌其烦地给我讲了一遍，苦口婆心，生怕我学不会。她说话的时候我又走神了，不过这次不是因为听不进去，而是觉得心里愧疚，如果同样的问题老妈问我三次以上，我大概不会有这么大的耐心。父母对我们的爱是真实和永恒的，随处可见，可很多人在很多时候却看不见。

"那些方法都不对，你就听我的去蒸好了。"妈妈自豪于自己的手艺。当然，她是有资格去自豪的。

我常说，时代发展，分工明确，每个人都在自己的领域各司其职，生活能力就变差了。水管坏了有水管工，保险跳了有物业，家电坏了一个电话维修人员就上门，连擦玻璃都可以找人代劳。我所认识的人里，男生普遍不会修自行车、补胎、修保险，女生，包括我自己，很少有人会织毛衣，蒸馒头，腌酸菜咸菜。

所以，我们不放心父母生活能力的同时，他们也在不放心我们。

妈妈每次来上海，都会给我包很多的水饺，蒸很多的包子馒头，做好丸子，烧好烧肉，煨好羊肉，统统放在冰箱里冷冻起来，才安心地回家去。她会织毛衣，会织各种桌套椅套和手套袜子，这是她们那一代中国妇女普遍都会做的事。可惜，并没有流传到我们这一代人身上。

妈妈眼睛不好，她也不会发手机短信，学习手机里的各种软件也不快，但却并不是教不会，基本的功能还是很会使用的，比如说拍照。照片，就是父母手机里最大的娱乐，不会视频聊天没有关系，有照片一样欢欣快乐。每张照片都有故事，妈妈会和人说"你看这张，是在乌镇拍的"。一张一张，一个回忆加一个回忆，都是满满的思念与挂牵。

父母不会上网，但一样懂得人生的道理。我们接触的现代文明信息里，有精华也有糟粕，没有一双火眼金睛，三观就很容易不正。有文化的人大放厥词的随处可见，父母们的平凡，成了在浮云苍狗的虚假繁华之后，最质朴的归属。

爸爸是会发短信的，手机用得也很好，刚开始发短信时，没有标点符号，一口气念下来，我都会被逗得开怀大笑。现在爸爸发短信不仅有了标点符号，还会发表情，他说要学习"新科技"，不能落伍啊。

其实不会上网，不会那些听起来很牛气哄哄的玩意儿，都没有关系，一辈子不会也没有关系，反正有我们。我们也有他们，这就够了。

因为妈妈不会上网，所以我们打电话变得多了起来。如果三天没有打过电话，那一定是极不正常的事。每天电话里聊的还是那些芝麻绿豆的小事，还有各自的情绪。在我看来，报喜不报忧可以把握一个度，如果一直只是报喜，会有一种敷衍之感，父母根本不相信，还会徒增他们的担心。电话里，可以和父母诉说自己的情绪，只是尺度要拿捏得好，不要让他们紧张即可。这样才会有一种在家中唠家常的感觉。

以前听妈妈说家长里短，我总会表现得很不耐烦，觉得那些话题简直上不了台面，还会笑她的小妇人心思。而现在我成了她家长里短最好的倾听者，她的情绪她的话，如果儿女们都不听，世界上不会再有人愿意真心去听了。不仅要听，还要参与，那是她唯一可以倾诉的渠道，我们不要切断了它。

如果妈妈不会上网，就多打打电话、多见见面吧。在这方面，就不要省钱了。

其实父母什么都知道

灵灵大专毕业后和男朋友一起来到上海。打拼六年，至今还和别人合租一个房子。家搬了好几次，东西扔了买，买了扔，后来灵灵索性再也不置办新物件了。

灵灵说："每次搬家都发现鸡零狗碎的东西真是多，尽是些破铜烂铁，没有一样值钱的。很多东西买的时候觉得很好，扔的时候却毫不留情。我以后不会再乱买东西了，除非买了自己的新房子。"

可是，就他们和别人合租的那个两室户，20世纪70年代末的老房子了，乌漆抹黑的，四十平米多一点，市价都一百三十多万呢。

一百三十多万！这对灵灵和男朋友来说是一个天文数字。

灵灵的男朋友叫吴同，两人是同班同学。当年他们学校有专升本的名额，还能去个更好的学校去读本科，只不过费用不低，要四万块。灵灵很想去，但最终还是放弃了。灵灵家在农村，还有一个弟弟正在读高中,父母实在负担不起那么高昂的学费。

而吴同,压根儿就没有想过要专升本。他唯一的爱好就是打台球。

两人在上海发展得并不好,灵灵一直在同一家公司做销售,天天风吹日晒地在外面跑,收入尚可。她在家乡给父母办了张银行卡,每个月都能往家汇两千块钱;吴同工作换了好几次,最长的不足半年,目前,正在闹市区发传单。

灵灵的父母每次问起来,灵灵都骗父母说:"吴同在一家公司当经理呢。"

吴同也用同样的理由糊弄父母。久而久之,就连吴同本人也觉得,他当经理这件事是真的了。无论过年回家碰到老同学,还是在网上朋友们偶尔地聊起,他都说,在一家公司当经理。

灵灵每次劝慰吴同"你把打台球的时间用来学点技能多好,学点英语也不错嘛",吴同总会不耐烦地说:"我不抽烟不喝酒的,就这么一个爱好,你还要剥夺。"

灵灵对付客户和领导都能得心应手,可对吴同却越来越没有办法。他们在一起已经七年,可灵灵始终没法下定决心嫁给他。在灵灵的心里,吴同快要成了一根鸡肋,食之无味,扔了可惜。

但,婚事还是被提上议程了。

吴同的父母开始催,说在一起住了好几年了还不结婚,亲戚朋友都说得可难听呢。灵灵被催得无奈,索性春节都不回家。

灵灵的妈妈问:"姑娘,你和吴同也好几年了,妈也没问过你,为什么一直不想结婚呢?"

灵灵不知道该怎么和老妈说，因为连她自己也说不清楚。她很讨厌自己的拿不起，又放不下。吴同不是一个理想的老公，灵灵明白，嫁给吴同，一眼就能望到未来，什么奇迹都不会发生。可如果离开，既没有理由，也没有动力，关键还有那么多年的感情在那里垂死挣扎着呢。

灵灵的内心始终在斗争着，但吴同一点也不着急，依旧屁颠屁颠地去台球室打球。他经常找工作用半年，工作半年，然后又开始找工作。在没有工作的日子里，全靠灵灵养着。

灵灵终于放弃了。朽木不可雕、烂泥扶不上墙、扶不起的阿斗等等类似的词汇全部可以用在吴同身上。

但他们还是结婚了。在感情上优柔寡断的灵灵被吴同用一万零一块钱的彩礼钱娶了回去。结婚的那天，灵灵并没有做新娘子的开心，而是在一张废弃的纸上写下了一串话：一万零一块钱，换回一个提款机、一个生儿育女的工具、一个终身保姆。

婚礼，对灵灵来说犹如上战场般地悲壮。

结婚的那天，家乡的父老乡亲都以为吴同在上海一家大公司里当经理，见面便夸吴同好出息。而灵灵从来都配合着演出这出戏，既为了吴同的面子，更为了自己的面子。那天，天气晴朗，可灵灵看天空，怎么都觉得是灰色的。

灵灵觉得好累，她真想把真相告诉给父母，可是没有勇气。面子这个东西，虽不能当饭吃，却也能当碗心灵鸡汤，偶尔滋补一下人们空虚的灵魂。

结婚后的吴同更没有压力了，工作不上心，台球厅倒是去得越来越勤。

灵灵生气，"我同意你打台球，三年之内给我拿个世界级锦标赛的冠军回来，如何？"

吴同哼了一声，说："你只会讽刺我。"

灵灵讥笑他："那你未来进不了福布斯的排行榜，看来也要怪我了。"

婚后的争吵比婚前更多，灵灵一气之下就向公司申请去成都分公司工作。因为这个赌气的举动，吴同家里炸开了锅。

"这半年不在一起？不生孩子了吗？"

"灵灵为什么要走？不会是有外心了吧？有吴同这么好的老公养着，还要去外地工作？"

"人在大城市里都学的不安分了。"

公婆找到了灵灵的父母，诉苦，好像灵灵已经做了对不起他们家吴同的事。灵灵不满公婆动不动就去骚扰自己爸爸妈妈的举动，便责怪了公婆。于是，两家爆发了灵灵婚后的第一场恶战。

灵灵的妈妈打来电话。灵灵正准备自己的妈妈要教训自己一顿呢，却没想到妈妈却因为心疼她而哭了，"灵灵，妈知道你不容易，你受委屈了。"

灵灵一听妈妈温暖的话语，再也忍不住，在电话这头放肆地流泪，她是觉得委屈极了。电话那头，妈妈依然平静地说着："其实你爸和我都知道，这些年你和吴同在上海，都是你在赚钱。吴同哪是什么大公司的经理啊，他能有个稳定工作就不错了。灵灵，你们骗不了我们。"

灵灵哭着说："妈，原来你什么都知道。"

妈妈宽慰着她，说："都是爸妈生的，做父母的能不了解自己的孩子吗？你就是好强爱面子。每次过年回家，别人问起吴同的工作，你们俩总是说得磕磕巴巴的，根本就不想让人问工作的事。我和你爸一看就明白了，吴同根本就不是什么经理。"

灵灵很不解，问："那你们还同意我嫁给他？"

其实灵灵自己是明白的，爸妈都是很传统的人，嫁鸡随鸡的观念根深蒂固，嫁个男人好好过日子，一辈子不散不离就是最好。

妈妈说："妈是觉得，你们这么多年感情，要是真的不能容忍他，你们早分了。吴同并不是没救了，他本也不是个坏孩子，他起码心里是有你的。"

灵灵埋怨着："心里有我还这么不负责任。"

妈妈说："男人都是小孩子，但有了事就会自然有责任了。等当了爸爸，就长大了，就有责任感了。女人一结婚就变成个大人，但是男人得等到有了孩子才能改变。以前没你的时候，你爸成天就是在外面玩，打扑克、斗蛐蛐，自从有了你，打都打不出去，出去也带着你。年轻时候老吵架，可总有一天就打不动了，也吵不动了。少年夫妻老来伴，我身体不好，全凭你爸照顾我呢。"

灵灵听了心里酸酸的，也暖暖的。

如果，当激情不在，爱情褪色，你身边的伴侣一天也和你说不了几句话，你们只有在家里有事的时候才会一起出现，这样的婚姻会不会让人失去信心？这样的婚姻到底能不能有个更积极的结局？

有一次灵灵突然腿疼，突发性地疼痛，路都走不了。吴同不在身边，灵灵龇牙咧嘴地一个人撑着去了医院，然后拖着一条残腿排队、挂号、问诊、交费、拍片子、取药，平均速度比旁人慢了十倍，一圈下来，浑身湿透。

那个时候随便有个人在身边，灵灵都不会那么受罪。可是吴同刚刚换了新工作，不敢随便请假，还要到六七点才能下班。

等吴同终于火急火燎地赶到，灵灵一见他，便抱住他大哭起来。吴同心疼地拍拍她的后背，安抚和骂街的话顿时交叉开来："别哭了，我给你擦眼泪……这医院也太不人性化了，看着病人是这样，怎么也不配个轮椅？还有那些看病程序也太复杂了吧？楼上楼下跑几遍，这么一个大活人拐着腿也没有护士过来扶一把，越来越不像话了……老婆，腿到底怎么样了？"

灵灵被吴同气急败坏的表情逗笑了，忘记了疼。她想起了妈妈和她说的话，男人都是孩子，但有了事自然就会有责任了。还有，吴同看来也并不是事事都没用。

腿伤的那段时间，吴同也不去台球室了，在网上买了个简易的轮椅，天天推着灵灵去医院做理疗。有一天从医院出来，灵灵说想去商场逛逛，吴同便推着她去了。

灵灵觉得坐在轮椅上，被人推着逛街很舒服，很有趣，倒也衍生出一种奇妙的幸福感来。

"老公，你知道吗？其实我爸妈都知道你不是大公司的经理。"灵灵突然说到这件事。

吴同不说话，耷拉着脑袋。

"但你放心，我爸妈没和别人说，呵呵。以前，我总觉得父母没有文化，不懂我们，还很好糊弄。其实根本不是那样，他们什么都知道，只是不说。比如我妈吧，平时在村子里说话总是口无遮拦的，但在我面前却也能隐藏很多情绪。我们怕他们担心，报喜不报忧，他们其实也一样。"

吴同半天没说话，良久，他低头看着轮椅上的灵灵，有点难为情地说："其实，我爸妈也是什么都知道。他们要是真的以为我在大公司当经理，就不会每次回家都给我钱了。"

灵灵有点小吃惊，"你妈可是逢人就夸你是大公司经理呐。"

吴同说："允许我吹，就不允许她吹啊？就这一特点来看，我俩是亲母子！"

灵灵勉强地笑笑，因为只要一说到这个谎言，她就很难受。

"我让你丢脸了。"吴同说。

灵灵摇摇头，"如果想长脸，多想想你爹妈就行，我的面子不值钱。"

吴同点点头，"我今天就开始学英语，为'大公司经理'而奋斗。我得让我妈真正地长一回面子啊。"

灵灵开心地笑了。她想到妈妈给她说的那些话，说男人当了爸爸，会一夜长大的事，不由地对吴同说："你奔往前程的路上，咱顺便再造个人吧。"

只有当了父母，才最能理解父母的吧？

虽然，先知在家乡并不受欢迎

我陪朋友石轩去他的家乡监督修路的事儿，同行的还有石轩的同乡，也是他的朋友石强东。

坐了十八个小时的火车，四个小时的大巴，二十分钟的人力三轮车后，我们终于到达了石轩老家的那座大山的山脚下。被颠得七荤八素的我早就没有精神头了，蓬头垢面的像是一个刚出土的文物。看着眼前的青山绿水，白云雾罩的美景，我伸个懒腰舒展一下身体，先狠劲地呼吸了两口新鲜空气，反正不要钱。

石强东说："看这哗哗走的云，就知道是刚下过雨，山路更难走了。"

石轩的眉头也微微皱着，不过他是在愁另外一件事，"不是说好开始修了吗？我怎么看着没一点动静啊？"

眼睛所及之处只有一条歪歪扭扭的小路，两边杂草丛生，连修路时该有的废墟都看不到。

石强东分析："大概是从村里往外修的。我们快回去看看吧。"

石轩已经四年没有回老家了,他说他有点紧张。近乡情更怯,又想见到,又怕见到,离家乡越来越近,心情便越来越紧张。

石轩和我们说:"我和强子上次回村里,大家看我们就像看外人一样了。"

石轩和石强东都是他们村飞出来的金凤凰。那个村子叫"石家宅",百分之九十的人都姓石,据他们说,在那个很闭塞的山村里,自古以来就出过两个大学生,就是他俩。

我有点迷惑,问石轩:"你说你们村子的人都没啥文化,可你的名字还是挺不错的啊,难道你爹是这村子里的秀才?"

石轩哈哈大笑,笑够了,才说:"我这个好名字是捡来的。我爹当时捏着一张纸条帮我上户口,上面写着三个字'石车子',派出所的人看错了,大概也想不到会是那么一个名字,于是我就成了'石轩'。"

石车子?!我被逗乐了,说:"你天生就是个幸运儿呢!"

一路上,石轩和石强东都在给我讲他们俩以前好玩的事,说以前上学时是死对头,后来都进了城,反而成了好朋友,虽然不是同一个大学,但有这层乡亲的关系,总是比别人更亲昵些。

越靠近石家宅,路就越难走,除了泥泞还是泥泞,还时不时需要爬上爬下。我自认很能吃苦,但还是受不了这么难走的山路,于是在路边捡了一根看起来挺结实的木棍,像个老人家一样拄着走,遇到难走的地方,手就会紧抓着掠过身边的一些草木。走了快要一个小时,总算看见了石家宅。

石轩的眉头皱得更紧了,因为,他依旧没有看到修路的痕迹。

"该死!我捐给村里的钱,都拿去做了什么了?"

几个人的鞋和裤腿全部泥糊糊的，但谁也顾不上，一心想快点走近村头看个究竟。这时，碰到几个从地里干活回来的中年妇女，她们先是毫无忌惮地打量着我们三个人，看了个够，随后便窃窃私语起来。

"强子！"妇女们确定了所认出的人，热情地打起了招呼，还径直走到了我们面前。

"强子！"不知为什么，妇女们都是先和强子打招呼。听石轩说过，石强东是村长的儿子。

"哎呀，这是轩子啊！几年没有回来了吧？这是你对象么？"有个妇女终于把目标转移到了石轩的身上，同时也上下打量着我，恨不得把我扒几块皮。

没等石轩回答，那妇女已经自己下结论了："就是有出息啊，找回这么一个好看的对象，赶紧给你妈带回去看看吧，你妈肯定高兴死了。就小北子，你们记得吧？比你们小好几岁的，人家都三个孩子了，不过都是闺女……呵呵，强子，轩子，你们这结婚也太晚了。"

只一会儿的工夫，就已经说到人生大事了。

石轩也不解释什么，而是问了他最关注的那个问题："姨，这村口一直没修路吗？"

有个嘴快的妇女大概知道这件事，赶紧抢了话："今年开春的时候说要修，拉了两车石头铁棍啥的放在村口了，但没见修啊。"像是想起了什么，这女的转而去和石强东说："强子，你家倒是新盖了房子，可阔气了。还是你有出息啊，你爹妈真是沾了光。"

石轩脸一黑。

石家宅不大，不出一顿饭的工夫，石轩和石强东回乡探亲的消息便人尽皆知，连在村外山坡吃草的牛羊大概都知道了。两人的小学同学里，有个在镇上卖盗版光碟赚了点小钱的，非要把当年同班的十来个同学都叫上，去镇上吃一顿饭，被石轩拒绝了。

　　石轩说："让同学们来我家吧。"

　　同班同学一共十个人，可晚上来的足有四十个，全都是拖家带口来的。石轩并不是那么热情，以礼相待着。他这次回家不是为了聚会，也不是单纯的探亲，就是想看看自己这些年捐的那一百万都去了哪里。

　　石轩跟我说，他的要求不高，就是把我们今天走过的那些小路全部换成柏油的，就可以了。钱不够，他会再捐。这不是太大的工程，不需要架桥打基修钢筋啥的，就是铺路。钱都有了，够修多长先修多长，有那么难吗？为什么迟迟不动工？

　　可是，他的心静不下来，只听见一片聒噪之音。

　　没有人知道石轩为家乡捐款的事，石强东和我答应为他保密，就连与村长也签了保密协议。人们只道是他在外面上了大学又发了财，回村里显摆来了。

　　我听到有人窃窃私语，是石轩的两个同学。其中一个男人说："听说轩子在城里是倒卖建材呢，还出过事。"

　　另外一个说："谁知道他们在外面做什么。"

　　第一个男人说："我还记得轩子以前在地里背玉米秆子背得晕倒呢，瘦得跟个猴子似的。现在有钱啦，也胖了，但再有钱也是人家的，成不了咱的，人越有钱越小气。"

另外一个男人接着附和:"有啥了不起的,以前还不和我们一样,就是个穷小子?要说会念书就是好,考个大学就出人头地了。要是咱到城里,也不比他差!"

他们都是用家乡话说的,但我却字字听得真。实在听不下去了,就跑去找石轩和石强东。在这个过程中,我突然发现,这些人好像一直都很少说石强东,句句尖酸言辞都直指石轩。

我想大约是因为,石强东是村长的儿子,本来家庭条件就比别人好一些,而且石强东并没有发大财,只是正常地上班族。所以石轩便成了人们眼红的对象。

我为石轩抱不平。这年头老板多,有良心的老板可是凤毛麟角,亏他还为家乡做了那么多的事,钱的下落不知去向不说,还被这等言论攻击着。

我以前和石轩说过:"得道莫还乡,回乡伤断肠。石轩你默默地为别人做事,别人真的会理解吗?你的那些和你一起长大的小伙伴,能接受得了你比他们优秀吗?你上大学,你发财,他们没有,他们一定会想办法把你以前的事情挖出来,来寻求一种心理的平衡,在心理上把你拉到和他们相同的位置上。你这样做,值得吗?"

石轩当时听了,只是笑呵呵地说:"所以我才不想要让他们知道我捐款啊。"

我知道,石轩其实会在意乡亲们对他的看法,他嘴上说不在乎,心里还是在乎的。他也会伤心,但他更伤心的,是村委会到底将他的那些钱做了什么。

石轩后悔没有早点回来。

第二天，我陪着石轩去了村委会找村长，正好石强东也在。村长和村支书看到石轩，像是见了财神爷般喜笑颜开，村长黑黝干瘦的脸上，一笑满是深深的褶子。有个出息儿子在旁边陪着，他心情看起来非常好。

"叔，没和其他人说吧？"石轩反复提醒道。

"没有没有，就我、副村长，还有支书三个人知道。"村长赔着笑。

石轩有点心酸，村长好歹是自己的长辈，见了他这个晚辈却毕恭毕敬。所以石轩会时不时地为村长和支书的茶杯里添水，以表作为后辈该有的礼貌。石强东在旁边陪着，不甚说话。

"叔，我一路走过来，看见有几户人家都盖了新房。乡亲们看来收成不错。"石轩话里有话，表面还是谦恭之色。

我明白他的话中之意，连忙添油加醋："石轩，就是你们村的路太难走了，有几次我差点摔到沟里。"

村长连忙接话："轩子，路马上就要修了，之前事情太多耽搁了。我已经联系了工程队了，下个礼拜就备材料，三个月内就能修好。咱村里闲着没事干的年轻人也多，到时候让他们都过去帮忙，看着给他们点工钱。"

石轩笑笑，"那就好。只不过重要的活儿还得专业人员干，要不路修得质量不好，一样是麻烦。"

村长和支书点头称道："那是那是。"

石轩说："到时候把发票让我看就可以了。建材方面我也有认识的厂子，从他们那里进会便宜些，反正强子也和我常联系，有什么问题找我就行。"

村长满口答应，随后支支吾吾地提了一个要求："轩子，让我家强子和你一起做这件事吧。你们俩都有文化，认识的人多，你俩又像兄弟一样亲，一起参与有个好搭手。"

石轩看了看石强东，迟疑片刻，最终说："行。"

后来，石轩就和我回城里了，但石强东说有事，依然留在家里，好久才回来。没过多久，石家宅村口的那条路终于修好了，有了路，平时将近一个小时的步程现在快了一倍。人们家里开始买自行车，摩托车，一溜烟就能骑到山外的公路旁。去县城里卖菜的村民，推着三轮车出去也方便得多。村里的汽车也多了起来，山上种的猕猴桃、苹果什么的，再也不会烂在家里喂猪了。

只是，现实总是不那么完美。石轩捐款的事儿，村长是保密了，但造福人民的功劳，却全成了石强东的。石强东在父亲安排下参与了修路的事，还给人们留了一个平易近人的好印象。路修成后，村里到处都是对村长父子俩的溢美之词，连县里都敲锣打鼓地来了人，表扬石强东饮水思源，飞黄腾达了还不忘江东父老。

这次，我没有为石轩抱不平。以他的智慧，他又怎么可能没有洞悉到这一切？他只是无所谓，他就是想修路，目标简单清晰。这过程中发生了什么，他不会去追究。用他的话来说，就是："钱是我的，我可以选择不捐款。既然捐了，还计较什么？"

反正，路已经修好了。

反正，在乡亲们的心目中，他依然是个偶尔幸运发了财的穷小子而已。

反正，石轩说了，即使他在家乡并不受欢迎，那边有什么事他还是会去做的。谁让那是他的家乡呢？

爸爸的方向盘

爸爸又在洗他的小货车了。初冬，水已经很冷，爸爸依旧赤手拿着几块毛巾，在水桶里一把一把地洗干净，再把小货车从表面到角角落落，都擦个干净。桶里的水已经换了好几次，车被擦得锃亮。

"爸，一个小货车，擦这么亮干吗？人家开好车的都没有你这么仔细。"每次看到爸洗车，我都会这么说。

"你不懂，"爸爸说，"咱家现在收入全靠它，得对它好点呀。"

爸爸的车已经换过一次了，每辆车开了几年都和刚买回来时差不多。印象中的货车，驾驶舱内总是杂乱不堪，异味横生，一屁股坐下去还能扬起一方尘土。这些在爸爸的驾驶舱内都不会发生，虽是做货运用，还时不时有客人跟车坐在里面，他却能保持几年都没有难闻的气味，所有的座椅座套都干净清爽。

这个货车是我临来上海前送给爸爸的礼物。买车的初衷，是希望爸爸能有个自己的事，而不用总是看领导的眼色。爸爸心重，又不是圆滑之辈，遇事只往心里咽，不声不响地自我消化，在外工作虽能处理好人际关系，他却是不开心的。我无法接受上了点年纪的人还在外面受气，每次看到那些为了生存而忍气吞声的中老年人，心里总是涩涩的。所以，那辆货车，成了我背井离乡时心里的一个安慰。是安慰爸爸的，更是安慰自己的。

爸爸却在那辆小货车上找到了自己新的生命。

妈妈说，爸爸不仅爱车，勤快，还越来越开朗了。除了有事或是大雪天气不能出行外，他几乎天天都在物贸城工作，时间长了，有了很多的哥们儿伙伴，还渐渐拥有了不少老客户。男人有了自己的事情做，心情也会跟着愉悦，而他能够多一些快乐，家里的空气也会是轻松的。

因为爸爸的勤快，我对天气预报格外关注起来。

在此之前我是很少关注天气预报的，什么明天刮风下雨，空气污染几级，大雪还是中雪，似乎与我关系不大。雾不雾霾，该做什么一样得做。只要一有大雪的天气，我必须第一时间打电话提醒爸爸，今天不要出去了。

有一天，爸兴奋地打电话给我，说："姑娘，这边有个去上海的生意，我送货去的时候正好把你妈也带上，开上二十个小时车也就到了，正好过去看看你。"

我听了也很高兴，可是冷静下来一想：太原到上海，二十个小时，中间就算在郑州休息一夜，这么长的时间下来也是太劳顿了。而且，有什么东西是上海买不到的，非要从太原拉过来呢？

"爸，这趟买卖，人家给多少钱？"我有点不信，笑呵呵地问他。

"多少钱都愿意啊！"

爸爸在电话里把这一趟"旅程"所需的费用核算了一下，油费、过路费，中间在郑州住一晚酒店的费用，合计下来显然比飞机票更贵。他有点失望，转而感叹道："这种长途车呀，还是坐的人多些最划算。"

我哈哈大笑。

后来，爸爸放弃了开车来上海的打算，还是乖乖地让我给他和妈妈买了打折飞机票。我告诉他："淡季里的飞机票很便宜，你开一趟车过来，够买一个来回的票了，还能多出一顿吃大餐的钱。"

每位平凡的爸爸都是家里的顶梁柱，是妻子儿女们的靠山。能干的男人，并不是成就了什么辉煌的事业，而是能亲手制造出一个完整的家庭，当女人和孩子们心中的奥特曼和蜘蛛侠。家里什么东西坏了，每一件事就是找爸爸，因为爸爸会把钝了的菜刀磨得比专业师傅还好用，会把脱掉的自行车链子很快回归原位，会让不转的风扇转起来，会亲手制作一个漂亮的小桌子，会挑最重最粗的活来做，在我恐高不敢爬梯子的时候，近六十岁的爸爸依然会轻便地爬高去擦玻璃。

人们说为母则强，其实为父更强。男人在一夜之间长大，往往都是因为孩子的出生。男人比女人成熟晚，如果没有孩子，这个男人可能一辈子都只是个孩子。成了别人的爸爸，那种与生俱来的使命感便油然而生了。再平凡的男人，都想当孩子心目中的英雄，而他们真的成了我们一辈子的英雄。

一个朋友说，她的爸爸温文尔雅，极少跟人红脸，几十年来唯一打过的一次架是为她，要不是那一架，她从来都不知道爸爸还有另外的一面。那天晚上和同事们聚会到很晚，她拦了一辆出租车回家，没想到这辆出租车司机误把她当成特殊职业的女性，极尽轻薄之言语。她很害怕，就在车上给爸爸打了一个电话，让他在小区门口去接她。

总算到了家门口，那司机还不罢休，在她下了车之后也跟着下了车，说要她的电话号码。这一幕被站在小区门口的爸爸看见了，爸爸一怒之下就将那个司机打得几乎不能还手。

朋友说，从此以后，她只要一晚回家，她爸爸一定会去接她，再也不让她一个人走夜路。

这让我想起我以前类似的遭遇。以前上班，因为家远，需要早早出发，爸爸便一天一天地送我去车站，晚上再接回来。从自行车换成摩托车，从摩托车又换成汽车，从不间断。我曾提出要自己走，可爸爸坚决不同意，他说我回家的那条路治安太乱，经常有坏人出没，还说谁谁谁家的姑娘就被陌生男人跟过好几次。

我当时直说他太夸张，朗朗乾坤，哪有那么多像社会新闻一样的故事？直到刚来上海的那两年，我在一条新修的路上走夜路时被陌生人跟踪过两次，我才知道新闻里都不是骗人的。只可惜，身在异乡，身边再没有一个愿意这么保护我的人。

爸爸的小货车换了两次，早不是我之前给他买的那一辆了，再过一年，爸爸就要六十岁，他说按照规定就不能再开货车了，只能开开小车，悠悠闲闲地享受人生了。爸爸的驾龄已经达到四十年，从最早先的拖拉机，到大卡小卡，到轿车，到小货车，他驾驶起来都如鱼得水。方向盘在他的手里，就如玩具般地容易，驾轻就熟。可惜，我没有继承他的驾驶技术，到现在开车技术依旧菜鸟一枚。

开车的人总是很用心记路，尤其是离家最近的路。爸爸与他的方向盘一生都没有分离过，他掌握着车的方向，牵系着全家人的爱与挂牵，承载着男人重重的责任，一心为家而行驶着。

胃是不会骗人的

车里正放着一首应景的歌,张学友的《纽约的司机驾着北京的梦》,俏皮和欢快的节奏遮掩不了的思乡惆怅:

"吃着那汉堡包,却想着水饺,在 China Town 去找那家乡的味道,整天驾着车,在那画满图画的街上绕,陌生的灰尘,也偷偷地在笑……"

车内副驾驶上,周鸣一拍大腿,啧啧称赞:"这歌词是谁写的,太有才了,直抒心声啊!这歌词作者一定过过像我们这样的生活。"

安志杰驾着车,瞟了周鸣一眼,说:"得了吧,你这才来几天啊?我都半年没闻过饺子味了,中餐馆那饺子太贵了,又不是那么美味。反正不是我在国内吃的那味道。"

周鸣鄙视地看着他,"你自己不会做啊?我听说出了国的人个个都是厨艺高手。"

安志杰伸出食指摇了摇,"NO、NO、NO,我这可是音乐家的手!"

周鸣有点疑惑,"以前没见你说爱吃水饺啊。"

安志杰说："让你在国外连着待两年试试？虽然偶尔可以去蹭个饭吧，可还是不满足。你说了半天都没说到点子上，我就是缺一个女人！"

"喊！"周鸣朝他翻了个白眼。

周鸣来美国就是个打酱油的，找他表哥安志杰来玩一圈就要回去了。才来了一个星期，周鸣做梦都是火锅的香味。在美国不缺中餐馆，也不缺亚洲超市，可两人决定要驾车自助行，为节省费用，一次中餐馆也舍不得去，再碰上一个十指不沾阳春水的大音乐家，周鸣就只有做梦的份儿了。

出国前，周鸣的妈妈帮他买了十几种榨菜和各种口味的方便面，但周鸣死活不愿意带。一个时尚达人，平时也是西餐厅的常客来着，炸鸡薯条从上小学就吃上了，怎么可能适应不了西餐生活？再说只去一个多月而已，一定可以撑下来。

可现在，周鸣做梦都想吃火锅。没有火锅，麻辣烫也是美好的。

人对一个地方的记忆，除了人，就是食物了。小时候的胃是拿什么饭菜打的底，长大以后也不会变，一方水土一方人，南方人在北方待几年，也不会轻易地爱上那名目繁多的面条，爱吃大枣豆沙粽子的北方人永远不明白粽子里面为什么要加个烧肉还要配个蛋黄？

当一个人想起某个地方的时候，总会自然地联想到那里的好吃的。而印象最深的便是家乡的味道。

周鸣央求安志杰，让他看看最近有没有中国朋友要开 party，好去蹭一顿好饭。安志杰拒绝了，说："你可知道我蹭了以后是要还的，我不喜欢热闹。"

周鸣恨不得把表哥给吞了！一个人连对自己的胃都这么狠心，还有什么做不出来的呢？安志杰就是一个异类，一根干巴巴的面包上面涂上黄油就可以当一日三餐，你是失去味觉了吗？

但可喜的是，安志杰有个电饭煲！

两人去超市买了米，蒸了一锅米饭，没有菜，周鸣就干吃米饭，倒点酱油或是撒点白糖都觉得是无限美味。周鸣后悔没有带上老妈为他买的榨菜，如果把那些榨菜带着，他们哥俩可以行走江湖好几天。

人在异乡时，都会说怀念"妈妈的味道"，可安志杰的印象里没有"妈妈的味道"，他是吃百家饭长大的。安志杰对吃的概念很淡，吃什么都可以，在食物这件事上，经常扫别人的兴。他经常会怀念国内的某种好吃的，但又不会那么狂热的非吃到不可，他是少数的能控制住吃的欲望的人。

周鸣这个十足的吃货的到来，唤醒了他沉睡已久的味蕾。

吃不上想象中的那些美食，用嘴说说也是好的。他们的车一路驶到加州，穿过那几个海岸线上的城市，长长的旅途中，周鸣都在画饼充饥，把国内各地所吃到过的美食意淫了一遍。

"美国人都说北京的烤鸭很油，笑话！比他们的炸鸡还油啊？起码卷完烤鸭，还能喝点鸭骨头熬的汤汤水水的，胃多舒服啊！我太爱北京烤鸭了，怎么吃都好吃，蘸上点甜面酱，卷点葱丝，往嘴里放的那一刹那，什么都值了！我真后悔这次没给你拎两只烤鸭过来。"

"上次我在重庆吃了一回烤鱼，你知道吗？吃了那个烤鱼，我忘了我之前吃过的所有烤鱼。太他妈好吃了！你说他们是用什么调料入的味啊，怎么就和我平常吃的不一样？烤鱼，加点烤串，再配上啤酒，人生得意须尽欢呐，这一顿下去，你比重庆人还火辣！啥是饮食文化？这就是文化！它能改变了你的生活态度！"

"你在国内的时候吃过山西的打卤面吗？像我这么不爱吃面条的人，硬是吃了两大碗。就电视上那些表演拉面功夫的面点师傅，在太原很多的饭店都能看到，一点不稀奇。面的种类太多了，反正都是些不太好记的名字，我也记不得，我只记得味道。你不要看北京上海满大街的山西刀削面馆，做得好吃的真没几家。等你有机会回国我一定也带你自驾游，来张中国美食地图。"

"……"

安志杰总是安静地听周鸣手舞足蹈地讲述，听得高兴了，就说自己也恨不得马上回国了。但是这两年不受诱惑他已经习惯了，真怕胃口一旦惯坏了，以后也像周鸣一样时时刻刻尽想着吃。

"你这个人，特别不懂生活！"周鸣这样评价他的表哥。

安志杰笑笑，"我在国内并没有这么多关于食物的美好回忆嘛！"

关于食物的回忆，大都是因为和你吃食物的那个人，吃美食有人陪着才最完美，独乐乐不如众乐乐。亲人，朋友，恋人，同学，甚或同事，一个人很难有勇气去寻觅什么美食。

安志杰这方面都很欠缺。安志杰的妈妈，也就是周鸣的舅妈早早去世了，他爸爸工作忙，没时间照顾他，于是，安志杰开始了百家饭的生活。他一开始住在爷爷奶奶家，后来又住在外婆家，外婆的身体不太好后，又在姑姑家住了一阵。高中和大学都是寄宿生活。安志杰有些孤僻，甚少参加集体活动，只吃学校食堂的饭菜。他每天除了学习，就是去一家练琴房弹钢琴。

安志杰对于国内的回忆，并没有周鸣那么丰富多彩。他特别羡慕周鸣。

"表哥，你以前真是白活了！"

安志杰说："没有那么夸张。"

周鸣不服气，"这还不夸张？要我说美国什么都好，可就是吃得不好。人每天靠什么支撑着，不就是食物嘛！但食物又不仅仅是糊口的，还能让人特别快乐。快乐的威力你又不是不知道，人活着就是一个心情。表哥，你给我说实话，你真的就特别喜欢老美的那些吃的？"

安志杰摇了摇头，说："我现在就特别想吃你刚才说的那个腊汁肉夹馍。以前在我爷爷奶奶家住的时候，爷爷每次从外面回来都会给我捎一个，皮脆肉烂，太好吃了。如果现在有机会能吃到，我绝对一下子吃五个！"

周鸣问："还有吗？"

安志杰努力地回味着。他脑海中的美食不多，而且多是小家碧玉型：姥姥做的糯米鸡，奶奶做的素丸子，姑姑做的小黄鱼，还有学校食堂里卖的酸辣粉。安志杰惊喜原来自己也是有回忆的，他也能说出好多想想就能流口水的食物来，他尘封已久的味蕾开始复苏了。

"跟我回国吧！"周鸣提议。

安志杰一愣，随即摇摇头，"不可能。我下个月还有演出呢。虽然是业余的，可我并不想放弃。"

周鸣说："又不是让你永久回国，就回去一趟。我说了，要开车带你寻找美食地图。"

安志杰还是犹豫不决，他觉得周鸣的建议太仓促了，有欠考虑。

可周鸣看起来是极认真的,他恳切地看着表哥,等待着他的答案。

"走吧,你好久没回去了,回去看看。你别怕,这次有我陪你。"

这句话让安志杰心头一暖。周鸣这大大咧咧的家伙,说的却都在点子上,他知道安志杰不回国是因为无所牵挂。不,他还是有所牵挂。国内有为他做糯米鸡的姥姥,有为他做素丸子的奶奶,有为她做小黄鱼的姑姑。这些亲人统统都在,统统都在想念他。

他其实也想念他们。

安志杰终于答应了:"好!食宿你全包!"

时间都去哪儿了

这个话题正好写在母亲节。

微博、微信上满是歌颂母爱的段子，一夜之间涌现出了好多的诗人与散文家，句句温暖，字字真情。可是，我们的爸爸妈妈，会用微博、微信的比例并不高，再甜美的话他们都看不到，这一番的表达是为了提醒朋友圈的人吗？如果真那么在乎，不如来点实际的：离得近的直接坐高铁、动车回家去，离得远的打一个长长的电话，东扯西聊地煲半小时以上的电话粥，生活在城市的，网上订礼物也是很方便的。

当着老爸老妈的面，我还是始终说不出那些动人又甜蜜的话。爸妈平常不是说普通话的，用家乡话说"我爱你"，连自己都觉得不对味儿，话没出口自己一定先笑喷一口饭。

每个只身在外的人想起妈妈，总会想到故乡，感情丰富点的，就总会捎带着想起自己的童年，话题总是关于回忆。过去似乎都是美好的，那个时候生活简单，物资匮乏，没那么多的诱惑，连一把酸枣面都是很金贵的，玩泥巴铲蚯蚓都能铲一个夏天，还能确保天天开心。

和老妈聊天，除了家长里短之外，妈妈总是帮我回忆过去。比如说家里来了一个客人，她会问我："今天有个姨姨来家里了，你记得不，小时候还给你买过书包呢。"从此牵引出关于过去的话题。因为家乡有老爸老妈，就不会那儿容易忘掉故乡的事，也不会轻易忘掉过去的美好。

老妈是个急性子，做什么都快。走路连走带跑，干活像是要比赛，今天能做的事若是做不完晚上睡不安稳，如果明天的事能在今天做完那就最好了。出门逛个街，她能把身边所有的人甩出去几十米远，每走一段，都会回过头来等等后面的人，脸上还一副不耐烦的神情，用眼神都能催死人。

为此我不止一次说她，能慢点么？咱又不是参加奥运会的竞走比赛。

急性子的人利与弊对半分。为了老妈，坏处就不说了。那么好处就是：如果我饿得紧，妈妈会用最快的速度变出一顿饭来，而且还保质保量。最重要的是急性子通常都有强迫症，看不得家里这儿脏那儿乱，不管多累都要先收拾好再睡觉。所以，家人都可以生活在一个整洁干净的环境里。

不知道是不是每个曾经叛逆过的人，心里都想过自己千万不要像自己的爸爸和妈妈。一个男性友人曾说，他爸爸是个很软弱的人，天天被强势的妈妈欺负，他曾发誓自己长大后一定不能像他，一定要振振男儿雄风。可当他也结婚生子，他说，他越来越像他爸爸了。

老妈性子急，我也急，只是这些年在不断地提升自我修养，性子好了些。我不知道其他人是不是和我一样，每次和老妈见面，不闹一回脾气都过不去。但和年少时不同的是，现在的和好时间是越来越快了。不出三分钟，刚才的一切就好像都没有发生过一样，跳跃式地进入到了另一个话题。小时候的水火不相容、为赋新词强说愁一般的苦痛心情早就不在了，妈和我，都在进步。

我小时候很怕我妈，因为战战兢兢所以常常撒谎，小小年纪就学会了察言观色。妈妈做事是军事化的，很看不惯我的慢吞吞：刷牙太慢，吃饭太慢，洗碗太慢，走路太慢，总之一切都慢得让她无法忍受。妈妈一个指令，接收到指令的人最好用光的速度去执行。在老妈眼里，所有的事都是火烧眉毛的大事。

可是，这么多年，我居然习惯了老妈的风风火火，还产生了依赖。因为她，我们这些比她懒惰很多倍的家人才能享受着她为我们带来的一切。每次从外面回到家，我和爸爸累得无法动弹，妈妈依然不会休息，包一扔便开始烧水做饭。她的快成了我心中的一份安全感，我早已离不开她的风风火火，并且越来越像她。

我怕老妈的脚步慢下来，特别怕，因为那意味着岁月的不留情。但岁月始终是不给任何人情面的，一向精神头十足的老妈，也有了因为腿脚麻木而走路受阻的一天。

时间对谁都是公平的，妈妈说她老了，我们也在一天天变老，只是在她的心里，永远都是个孩子罢了。

这些年每次回家，爸妈去机场接我，我都很怕看到他们比上一次苍老。如果爸妈还是精神奕奕，我心里就会很安慰，而爸爸似乎也很不愿意让我操心，每次知道我要回家都会提前染一染头发。而老妈，每次却是一如既往的瘦，脸色每每见到都不太好。

今年春节后老妈住了院，他们怕我担心没有告诉我。我生日的那天一直等爸妈的电话，直到晚上也没等着，便主动打了过去，还嗔怪他们把我的生日忘了。电话里爸妈兴致并不高，我就猜到一定有事。知道妈妈住院的消息是在我生日后的几天，我接到爸的电话后痛哭一场，然后两张机票把父母接到了身边。

妈妈的视力下降了很多，眼球上像是被人蒙了一层纱，如同天天生活在一个雾霾的世界里。老妈的伤心我们看得到，她已经没法再假装开心了。她很害怕眼睛会一直恶化下去，她宁愿腿脚不方便也不愿意看不到眼前的世界，那意味着人生再没有什么乐趣可言。

好在医生说，不会再严重了，那是神经上的问题，虽不可逆，却可以慢慢养。

老妈还是一夜之间花白了头发，跟随着白头发增多的，还有爸和我。

每次挽着老妈去医院，仗着身高的优势，我总是一低头就能看到她的头发，惊叹于白头发真的可以在一夜之间长出来那么多。时间走得很快，连我自己都有白头发了，很快，我也会像爸妈一样。刚开始长一根拔掉一根，慢慢地就再也不拔了，因为已经拔不起。

在电视里看到一个岁数不小的明星，打扮得很嫩，我说："看人家保养的多好。"爸爸总会摇摇头，说："不年轻了，眼球不清澈了。"

是啊，最是时光留不住，时光没有饶过任何一个人。紧绷的肌肉，光洁的额头，乌黑的头发，清澈的眼神，都将不复存在。在还没有让父母过上无忧无虑的日子的时候,我却也有了白头发了。可人总会慢慢地适应一切的改变,就像刚到二字头的年龄时,心里特别排斥别人说我"二十几岁",但二字头也那么快就过了。

慢慢地,我不会再恐慌,就像突然冒出来的白头发一样,总有适应它们的一天。人的内心是充实和幸福的,满头银发也可以美丽优雅。

正能量这样的口号,心灵鸡汤这样的洗脑,实施起来并不那么容易。就如老妈,不管我们如何给她正能量,她也尽量想积极乐观,可睁眼却看不清眼前的美好,她没办法忽略不计。那是正负能量在内心交相会战的过程,过程艰难。我一方面尽量保持着开心,用自己的情绪影响老妈,心里却是无比的心疼。

人年纪越大,对学习新事物、接受新环境的能力就越差,或是内心有抵触的心理。离开了熟悉的乡音乡情,看着周围的一切,都觉得自己是个局外人,无法融入。爸爸天天带着妈妈出去溜达,晚上去跳小区广场舞,慢慢地,也就融入了。老妈和大多数的女人一样,对一个新环境的熟知起源于菜市场,只要附近能买菜的地方熟悉了,她们便找到了感觉。

白天去医院,或是买菜做饭,晚上定点下楼跟着阿姨们跳广场舞,老妈也在尽力地配合着我的生活。人充实一点,悲观情绪就少一点,我现在最大的任务,就是在老妈不打瞌睡的时候,努力地塞满她的一切时间,为此变成个唠叨女儿也在所不惜。目的,就是让她难过的机会减到最低。

妈觉得眼睛好一点了,要强的她坚持要自己去买菜,结果却差点摔着。她一进家门就径直跑到卧室去了,一个人悄悄地抹眼泪,"我眼睛越来越差了，不中用了。"

我眼泪在眼眶兜着，忍着不让它流下来。我哄着她："医生说能养好的，神经上的病就得养。医生还说眼睛不好，不能老哭的。"医生的话最大，大人也犹如小孩。

可老妈还是伤心，刚抹干旧泪，新的眼泪又溢出来了，"道理我懂，但我这脾性就是控制不住。"

所以，为了让老妈觉得我们和她其实差不多，现在的我，跟老妈最多的对话，就成了这样：

如果她说"我记性太差了，刚买了五香粉和盐就忘了，又买了一大堆"，我就会说"我也是这样的，前两天买了牛肉，昨天出去又买了两斤"。

如果她说"我出门忘带钱了，我真没用"，我就会说"我上次还穿着拖鞋就上街了呢"。

如果她说"连个台阶也看不清，摔死算了"，我就会说"我还成天往男厕所跑呢"。

妈，我们其实都一样，童颜都会变皱纹，人人都会老，你已经很棒了。

妈，你没有糊涂，也没有不中用，你模糊着眼睛依然能为我做好一日三餐，让我在这么奔波的日子里还虚长了几斤肉。

我不愿意阻止老妈为我做事，只是在她做饭的时候，在旁边打打下手，边做边聊聊天。我知道，这世界上的每个人都希望被肯定，都希望有存在的价值，如果我剥夺了老妈做饭的爱好，那几乎就让她的生活失去了大部分快乐的意义，就等于直接告诉她：你不中用了。

我们不能那样做。

我们要让父母时刻都觉得自己有用,让他们知道,我们这一帮子家伙谁都离不开他们。

妈妈是个很活泼的人,可当我和朋友在家里高谈阔论时,她和爸爸都在旁边不言不语。他们不太明白年轻人讲的那些是什么。或者,他们觉得我们谈论的内容似曾相识,那些意气风发,那些同仇敌忾,那些笑话与热闹,多像他们的青春。我们不能冷落父母,不要在他们面前表现得自己有多牛气哄哄,不要把"你不懂"挂在嘴边,不要耻笑他们的接受能力差。我们的接受能力也不如以前了,这是自然规律,等二十年后,我们的孩子也笑骂我们笨,我们到时又做何感想呢?

时间总是很快,爸妈老了,人生阅历也丰富了,岁月沉淀下来的,除了层叠的皱纹还有越来越多的朴实的智慧,爸妈读书不多,为人处世的道理却并不比我差。我总是太多道理,而他们虽不善言辞,却朴实无华,平凡伟大。

此刻,我和老爸老妈坐在小区的花园里,看老人们带着各家的小孩散步或游戏。老妈感叹道:"还是小孩子好看,脸蛋鼓鼓的,眼睛黑黑亮亮的,皮肤嫩得手上长个毛刺都能划破。老了就不好了,也要遭嫌弃了。"

我为她拉紧衣服上的拉链,对她说:"世世代代都是这么过来的。再说你哪里老了?跳广场舞的那一大群妇女同志里,就数你最苗条最顺眼了。"

一句没有什么技术含量的甜言蜜语,老妈却开心得像一朵花。

每个妈妈都是一朵花。

PART 4

不必彷徨，
因为我们都深深爱过

亲爱的，我离你的距离，究竟有多远？

如果我们处在同一个时区，我该不该期待如偶像剧那样，我只要一说想你，你就很快出现在我家门口？在我们都伤心难过的时候，是能够给彼此一个温暖的拥抱还是只有一个例行公事的电话？

如果我们不在同一个时区，跨越了半个地球，见面便成了永远无法预期的事，当我们一个迎接朝阳一个送走落日，打着哈欠在视频里面问候彼此，我们不禁要怀疑，这真的是在恋爱吗？

如果你就在我的身边，我们却好久没有说过一句知心的话，心灵之间横跨着千山万水，我们会质问，为什么明明在一起，还是如此的孤独？

距离，是爱情的鸿沟。在不重叠的时空里尝试着与彼此的心灵交汇，在相同的时空里经历着两个人的若即若离，很美也很脆弱。

可是，我不会彷徨，因为我们都深深爱过。

快要消失的绿皮火车

经过半个多小时的排队，田憬终于到了队伍的前头。乌烟瘴气的火车站有一股独特的抑郁气味，田憬觉得浑身黏嗒嗒的，连掉在额前的头发丝里都是那个味了。她把背在背上的大书包放下来，从里面掏出钱包，冲着窗口说："今天晚上去西安的。"

"只有站票了。"里面的人头也不抬。

"站票？其他车有吗？"

"只有这一趟车，只有站票。"

王憬刚一犹豫，里面的人开始催了："站票都只有几张了，买不买？快点决定，后面那么多人排着队呢。"

王憬当机立断，掏出钱递进去，"买！"

火车票买好了，王憬捧着这张宝贵的站票往候车厅走去，又是一通排队。在候车厅，王憬从一位躺着呼呼大睡的中年男人的脚边找了一个位子坐下，松了一口气。总算可以歇歇脚了。

站票，十八个小时。一想到车厢里即将是一场臭烘烘的恶战，有点洁癖的王憬稍有点怯意。她从来没有坐过十小时以上的火车，而且还是站票。她将一路站着去西安。

可是，想到男朋友，一切困难何所惧。自从考上大学就再也没有见过他了，不知道这两个月他有没有变化？他上的是重点大学，应该要比自己上的这所漂亮许多吧？呃，班上的班花是谁？

王憬是个女汉子，上高中时就把男朋友邱江涛给拿下了。邱江涛一边谈着恋爱，一边还轻轻松松地考上了重点大学，恨得那些点蜡烛学习点得快把头发都烧了的同学牙痒痒。王憬成绩没那么好，高考时正常发挥，只考上了一个坐落在小城市的普通大学。

分开两个月，两人靠传呼机与IC电话卡保持联系着，依然恋得热火朝天。王憬实在是太想邱江涛了，提出来要去看他。邱江涛不同意，说怎么可以让女人奔波？但王憬坚持要去西安看他，还说了一个不容置疑的理由："我这小破大学有什么好看的，让我去重点大学开开眼呗。怎么？怕我查岗啊？"

邱江涛同意了。

车厢里的人比想象的还要多，王憬四处张望挑选，都挑不出一个舒适的地方可以站。座位底下还滚着两个人，缩着脚呼呼睡觉，过道里水泄不通。在这艰难困苦的条件下，推着小车卖啤酒香烟饮料矿泉水的乘务员依旧百折不挠地将小车推过来推过去地售卖。

王憬躲到车厢连接的地方，离厕所很近的那里有块空地儿，味儿不好，却省心。两个男人铺张报纸，坐在地上，两条腿伸得远远的，还用猩红的眼睛看着王憬。王憬一横心，占住这个位子，忍受住了厕所的气味与男人热腾腾的眼神。

爱情的力量是很恐怖的。

站十八个小时并不那么容易捱,王憬困得站着都能睡着。虽然这样,列车快到西安时,王憬便如被打了鸡血一样精神起来,带着化妆小包去洗脸,涂涂抹抹,再梳了一个漂亮的马尾辫。想了想,又把马尾拆了,将头发披散下来,用手上多余的水压了压。

Perfect!王憬对镜子里的自己很满意。

王憬几乎是冲出车站的,下车的人潮中她是第一个,此刻大背包都不再沉,腿也不再麻,所有的急切只为在站外等候着的邱江涛,她的心只在那一个人身上。

邱江涛张开双手,形成一个大大的怀抱,王憬飞快地冲到他怀里,紧紧相拥。王憬忍不住亲吻他,邱江涛不好意思了,望着身边来来往往的人群,提醒道:"宝贝,好多人看着呢。"

邱江涛提着一个大大的行李包,王憬看了觉得奇怪,问他那是什么。邱江涛拉开拉链,里面躺着一个大大的布娃娃。王憬欣喜地拿出来,抱着亲了又亲,转身又抱着邱江涛亲了又亲。

路上的行人走过,看着这一对热恋的小情侣,都心有灵犀地笑着。

两个月,很长很长很长很长。

大二下半学期,王憬又买了一张绿皮车的坐票去了西安。这是她第四次去看邱江涛了,这期间,邱江涛只来过她的城市一次,王憬不让他去。因为这两年时间,王憬感受到了她和邱江涛之间的差距,她不愿意让重点大学光辉照耀下的男朋友总是来她这所不知名的小学校。

这一次,是坐票。

王憬去西安，从来都舍不得买一张卧铺票，穷学生什么都没有，只有一身力气，坐十八个小时也没有什么的。何况每次下火车前的那一番收拾，见到邱江涛时都能容光焕发。

以往每次邱江涛见了她，都会说："你怎么每次坐那么长时间的火车，但一点疲态都没有。"

王憬总是调情似的回答他："因为要见情郎啊！不打扮漂亮点，情郎被班花校花什么的勾了去，我多亏！"

这一次，王憬坐在靠窗的位子上，望着窗外黑黢黢一片夜色出神。偶尔晃过的一点灯火都成了风景，晃得王憬心烦意乱。

网络刚刚盛行的年代，王憬学会了 QQ 聊天。王憬学会了五笔打字，激动地约好邱江涛一起上网。可是邱江涛宿舍的人告诉她，他和一个叫夏倩的女孩出去了，还说，他们最近正在排练一个节目，几乎天天都在一起。

每隔两天一次的爱情电话里，邱江涛从没有说过什么排练节目的事。

所以王憬当机立断去找他。

这些日子来，王憬不是没有感觉，感情是很微妙的东西，当事人不用太敏感也能感受得到。邱江涛最近很喜欢在电话里说关于艺术类的东西，王憬如果听不懂，邱江涛不会像以前一样耐心地解释，而是会说一句"算了"，就让话题接近尾声。还有，邱江涛偶尔会小心翼翼地问王憬，"你们女人通常都喜欢什么"，在得不到好的回答后，邱江涛往往会自己解除尴尬，开玩笑地说："宝贝，我算是问错人了，你和一般女人可不一样，你对女人们喜欢的小物件从来不感兴趣哦。"

这和以前是不一样的。

等到了西安站。王憬只是洗了一把脸，涂了点护肤品，没有化妆，便提着行李缓缓下了车。她没有走在人群的最前面，只是淹没在人群里，慢慢地往前走。邱江涛依然早早地等在那里，远远地看到她，向她招手，微笑。她也微笑着走到他的面前，轻轻抱了一下，说："走吧。"

这一次，他们三个月没有见面了。

三个月，不是那么长了。

大三下半学期，同学们都要为未来做规划了。重点大学的学生们想得最多的就是：考研还是出国？普通大学的学生们想得最多的是：考研还是找工作？对于王憬来说，考虑的也只有一个问题：要去西安读研，还是去西安找工作？

未来就好似一个箭头，固执地指向一个地方，那里是西安。

邱江涛和那个叫夏倩的女生，不知道现在怎么样了？在他们俩打算玩真爱的时候，王憬找到了夏倩促膝长谈，把夏倩说得鼻涕眼泪一把抓，直呼后悔相信了邱江涛。夏倩说，她一直以为邱江涛是没女朋友的。

听了夏倩的话，王憬当时心如被针扎到一样疼。邱江涛为了接近夏倩，居然制造出单身的假象，而她，这个远在千里之外的女朋友，又算什么呢？

王憬还是选择与邱江涛继续，邱江涛并不知道她和夏倩见过面的事，或许知道，反正最后谁都没有提，这事就算过去了。王憬还想买通邱江涛宿舍的室友，以此来掌握邱江涛的行踪，但她低估了男人之间的革命友情，搞小团体互相撒谎这可是祖上传下来的，遂放弃。

当王憬告诉邱江涛，毕业之后想去西安的时候，邱江涛在电话里沉默少许，笑了笑，说："好啊！"

王憬心想：小样，你想逃，本姑娘不放过你。

忙碌中，王憬还是抽空去了趟西安。去西安新增了一辆列车，是红皮的空调车，价格比绿皮火车贵不少。当售票员问王憬要买什么车票时，王憬肯定地回答："绿皮车，坐票！"

上车前，王憬对着绿皮火车拍了照。

因为有红皮火车分担客流，车厢里的人明显比以前少了。到了大站下去一拨人后，还能找到个三连座睡下来躺一躺。王憬非常满足。后来王憬因为压力太大而经常失眠时，还会想起上学时在这节车厢睡觉的情景。每次睡不着，王憬都会告诉自己："知足吧，很多年前坐绿皮火车，在窄窄的三人座上都能呼呼大睡，现在躺在这么舒服的床上却睡不着，多不惜福！"

王憬这次去没有告诉邱江涛，下了火车后便一个人去了他们学校。宿舍里的两个哥们儿都认得她，看到王憬时的表情很奇怪，有些慌乱还有些幸灾乐祸。王憬假装看不到他们的表情，说了声谢谢，便向他们指点的方向去找邱江涛了。

到处找不到。

王憬住进了学校招待所，洗了个热水澡，躺在铺着雪白床单的单人床上休息。舟车劳顿，路上又没怎么睡，王憬很快就睡着了。

醒来时已是黑夜，外面灯火璀璨。王憬痛恨自己的贪睡，收拾了一下急急出了门。一天了，邱江涛还没有见着，他这会儿应该回到宿舍了，他的舍友们应该会告诉他自己来过，那他应该不会再乱跑了吧？

只是……

宿舍楼外的一丛阴影里，邱江涛和一位白裙的女生吻得激烈。不是夏倩，是另外一个。

王憬霎时像一根木桩一样杵在那里，浑身冰凉。心脏跳得不合章法，全身的神经细胞再也控制不了行为，大脑一片空白。王憬都不知道自己该向前一步，还是该转身逃走。

时间是那么长，那么长，有那么多的吻吗？你们不知道身边还有人来人往吗？

王憬就那么远远地看着他们，心凉至数九寒天。邱江涛终于发现了她，惊慌的样子比王憬更甚。他和那个白裙的女生说了几句，那女生走了，黑夜里，白色的裙子那么显眼。

老天安排我们这样的见面，挺好。

"你怎么来了？"邱江涛的表情尴尬到了极致。

王憬流着泪，木木的，眼睛直视着前方，不说话。

"你，你早就来了吗？"

王憬依旧不说话，泪早已浸湿全脸。

邱江涛伸出手为王憬擦眼泪，被王憬一下子打开，随后，响亮的一巴掌。

"我不会再来看你了。"王憬流着泪飞快地跑开。邱江涛先是一愣，反应过来后急急去追，却再也追不到。王憬像百米冲刺的运动员一样疯狂地跑，转了几个弯就把邱江涛甩开了。她回到招待所，迅速地收拾行李，此刻她就像一只没有灵魂的躯壳，本能驱使着她做着眼前的一切。

三年来，她第一次舍得打了出租车，去了火车站。

回她所在城市的列车早开走了，王憬在火车站坐了整整一夜，第二天早上去长途车站，坐了一辆大巴便回去了。王憬不需要解释，她的爱情不需要解释。有就是有，没有就是没有，再说，接吻有什么可以解释？你能说，接吻是因为对方的嘴上有只蚊子吗？可笑！

那是王憬在大学里最后一次去西安看邱江涛。他们已经有四个月没有见过面。

四个月，在不爱的人眼里，不过如此。

后来，邱江涛打过无数次电话找王憬，在QQ上给她留了几千字的言，王憬都从未回复过。邱江涛无奈之下去了王憬的学校，王憬闭门不见。王憬是个女汉子，不懂那么多爱情的道理，也说不出什么爱情名言，她就是简单直接地去爱，不喜欢玩爱情游戏。在最好的青春岁月里，爱过邱江涛，完美了。

而邱江涛，只是在短短的三年里，就先后有了夏倩和那个白裙女孩，也够了。或许还有别人，王憬也不想知道了。

邱江涛，我曾经的爱，我再也不会来看你了。

后来，有了动车、高铁，绿皮火车就越来越少了，王憬好长时间没有再见过绿皮火车。那段坐着绿皮火车去看男朋友的花样岁月，早一去不复返。当年的苦与伤，到现在已是过眼云烟，谈起来全是淡淡的回忆。

王憬工作的公司附近，有一个用废弃的绿皮火车头做成的饭店，餐桌都弄成旧火车餐厅的样子，很有情怀。王憬经常去那里，要一两个简单小菜，喝杯啤酒，再静坐许久。王憬把自己当年拍的那张绿皮火车的照片洗出来，装在相框里送给了老板，老板把那张照片挂在墙上。

人长大了，很少再会像年轻时那样，为爱做一些疯狂的事。王憬说，那种傻傻的冲动心情，只怕一生都不会再有。但人生就是这样，不断舍弃，不断拥有。

暴雨中的机场

暴风雨终于停了。

因为暴雨，多趟航班晚点。李堪迟迟不愿进安检的门，便牵着程媛的手找了个咖啡厅坐下来。浦东机场很大，好像一眼望不到头。程媛想，就算在机场，在一条直线的两端，两人都是不会相遇的。城市又多么大，日本又多么远？

日本是邻国，却又觉得那么远。程媛去不了，所以她一次次地在机场送别李堪，也一次次地在这里把他接回来，从没有陪他出去过，李堪也从未邀请她一起去。来来往往，李堪每次出站时的笑脸，还有离去时的背影，程媛都记忆犹新。

程媛把李堪的每一次离开都当成一次分手。每次送走李堪，人潮汹涌的机场便变成那么空，空得让人心里没有底，让程媛觉得下次再看到他，说不定他身边早有佳人在侧，自己便成了旧人。

程媛是个悲观主义者，不太容易快乐，却也坚韧，小心地守护着她和李堪如薄纸般易破的爱情。分别的久了，两人生活在不同的文化环境里，有不同的圈子，每次见面谈论的话题越来越牵强。

三年，感情越来越淡，虽然还没有分手，程媛也觉得快要撑不下去了。就像现在这样，虽然在咖啡厅里面对面坐着，李堪却心不在焉，不停地看表，或是拿出手机查询日本那边的机场信息。

"这一晚点，我晚上到了至少是凌晨了，还得联系个朋友去接我。不好意思，我要先联系一下他。"李堪抱歉地微笑。

"没关系，你忙吧。"程媛也笑笑，心里却在想，就是不联系你朋友，我们也已经静默好几分钟了。

暴雨停了，广播里开始提醒各航班的乘客准备好登机。因为暴雨而延误的三个小时，两人多了一些时间相处，程媛觉得很知足，但李堪看起来却只有焦急，恨不得能马上飞到东京去。程媛心中大为不快，但不好表现出来。现在说点有情绪的话又怎么样呢，他们连吵架的时间都没有。如果李堪因为生气头也不回地进入安检的门，就只能剩下程媛独自神伤了。

李堪拥抱程媛，用力地抱了一下，再在她的额头上落下一个吻，轻轻地说："我走了。"

程媛说："一路顺利。"

客客气气的。

程媛突然想到了什么，对李堪说："我们公司今年秋天会去泰国旅游，你能去吗？"

李堪想了想，为难地说："今年估计没有时间了，你自己去吧，玩得开心点！"

程媛笑得很勉强，"那好吧。"

李堪问程媛："如果给你半个月的假期，你最想去哪里？"

"我连日本还都没有去过呢。"程媛自嘲，又意在提醒李堪，他从未带自己去过日本。她说完补充道："如果真给我半个月假期，我就去远一点的地方吧，我想去欧洲，你呢？"

李堪笑笑，"我想去非洲，呵呵。"

李堪走了。临行前两人的对话，好像是在说旅行的计划，听起来却那么像两人的结局。他们眼中的未来，不在一个地方。

这是一场和平的不像爱情的爱情。

很严重的是，程媛已经很久没有问过李堪"你爱不爱我"这个问题了。刚在一起的时候，两人有说不完的共同话题，还处处心有灵犀。热恋中，两人研究做蛋糕都能做一天不嫌枯燥，没事的时候，躺在床上你看我，我看你，一看就是一下午。

爱情最美好的阶段转瞬即逝。程媛并不是天生就那么冷静和淡定的，很快，她就像很多小女生一样开始喜欢怀疑，这让李堪无法承受。曾有段时间，李堪甚至后悔和程媛在一起，他一直以为程媛是那种大气沉着的女生，和其他那些黏糊糊的女人不一样。他觉得自己看走眼了。

"媛媛，你反复地问我'爱不爱你'，问太多次了。昨天晚上我记得你已经问过一次，怎么今天又问？男人的爱仅能持续一天吗？第一天爱，第二天就不爱了吗？媛媛，其实爱不爱，恋爱中的两个人都很清楚，那是一种微妙的感受，也很美妙，说出来，反而成了一种负担。"

程媛不服气地说："可是，昨天晚上问是因为我们激情正浓，那时候的男人只用下半身思考，答案不算数嘛！"

李堪无语，摇了摇头。

但程媛还是努力改了。她爱李堪，离不开他，她愿意为他改变自己。

李堪要去日本读研究生的事，程媛是朋友圈中最后一个知道的。她发疯似的去找李堪，问他个究竟。还不等程媛发火，李堪就用一个热烈的吻堵住了她。李堪已经掌握了对付程媛坏脾气的方式，就是温柔攻击，热吻之后，对方的火一定能消去大半，余下的沟通就顺风顺水了。

"媛媛，你会怪我吗？"

怪，程媛很怪他，却又生不起气来了，"你为什么不告诉我？早就决定好了吗？"

李堪说："也是最近才决定的事，我一直不知道该怎么和你说。我上学是家里出钱，还不是我自己的能力，我去了那边估计要适应很长时间，所以一切未定的情况，我不能自私到让你跟我去一个陌生的地方，过前途未卜的生活。"

程媛知道事情已成既定事实，无法改变了，来时心里仅存的一点希望也坍塌。说来就来的分别已到眼前，但程媛还没有享受够爱情的美好呢。

程媛这样问李堪："是因为我太黏着你，你才决定要去留学的吗？是不是故意想躲开我？"

李堪安慰道："你看，又多心了。媛媛，你要不要我来个保证，我一定不会和你分手之类的？"

程媛苦笑，"形式主义的东西，我们还是少做吧！在不在一起并不是关键，关键是你心里有谁。"

李堪向她保证："如果我在日本能稳定下来，一定驾着七彩祥云来接你。"

程媛心里很烦，又被他逗得哭笑不得，使劲摆了个严肃的表情，狠狠地说了一句话："男人的话不可信！别随便让人感动或是给承诺。"

世界上最伤心的事情，就是曾经和你最亲近的人，转眼间生活中就没有了你。他在社交软件上发的图片，是你从未去过的地方，你从不相识的人。他的生活看似很逍遥，那些和他在一起聚餐的男男女女都好漂亮，这些俊男美女们天天在一起生活、学习，真的没有故事吗？

李堪去日本的第一年，程媛经常在夜里哭醒，难以承受的思念、对两人感情的恐慌，让她很害怕。第一年，就有人开始追程媛了，在很多人看来，这种长距离的恋爱分手是迟早的问题，很快就会不了了之，喜欢程媛的男人早就跃跃欲试了。

"程媛，你就不要等你那个男朋友了，你真的相信他会接你出去吗？我是男人，我最了解男人了，没有一个男人能受得了长时间的生理压抑，你以为男人会为你守身如玉吗？"

程媛只送给那个男人一个字：滚！

但这个渣男的话还是扰乱了程媛的心绪，她开始了新一轮的担心。翻看李堪网上发的图片，找不到任何的蛛丝马迹。李堪不喜欢她多疑，她不会打电话去质问，但不猜疑却又做不到，有情绪却不能发泄，那段时间程媛瘦了一大圈。

第二年开始,对分别的时光渐渐习惯,程媛便没那么挂念了。因为工作的关系,生活圈子大了些,工作之外的时间也常有娱乐活动,她开始去一些没去过的地方,认识一些新的人。程媛每次都故意把她的美好生活发到网上让李堪看。瞧,姐我过得也很滋润。

可李堪却极少在网上与她互动。以前每天晚上的视频聊天,现在已经变成了一周一次,就像例行公事一样,再也不像以前,程媛说一句"我想你了"两人便可以各自抱着平板电脑一聊一通宵。

程媛觉得自己变了,不再期待对方的甜言蜜语,不再期待承诺。因为她的改变,李堪反而对她上了心,他一向喜欢懂事和大度的女人。也因此,两人的关系居然这样持续了下来,就像李堪当年承诺的那样,三年没有分手。

程媛再去机场接李堪的时候,又是一个大雨天。飞机又晚点,程媛便去了出港的楼层,找到上次和李堪一起坐过的那个咖啡厅坐着等。咖啡厅紧靠着硕大的玻璃窗,窗外便是起起落落的飞机。程媛戴着耳机听音乐,开到最大声。音乐把她与外面的世界隔离,她喜欢这种感觉。外面的天黑黑的,整个世界都湿漉漉的,程媛望着窗外的飞机出神。

一个高大的身影站在了程媛的面前,隔断了程媛望向窗外的视线。

李堪。

"你不是晚点吗?"程媛看到他,又惊又喜。

李堪笑而不语,坐在小桌的对面,摘下程媛的其中一只耳机,戴到了自己的耳朵里。

"咦？宇多田光？"

程媛笑笑，"想和你拉近一点灵魂间的距离嘛！"

李堪装作不明白，"灵魂间的距离，那么身体间的距离怎么办？"

程媛以为他又邪恶了，故意将错就错，谑笑着说："在咖啡厅……不合适吧？"

李堪怒骂了她一句："又邪恶了吧！"随后说："我的意思是，你愿不愿意陪我一起去日本？"

程媛听了，心头一动，眼里起了淡淡湿雾，她欣慰地笑了。

抬头对上李堪期待的眼睛，程媛肯定地说出两个字：

"愿意。"

再见，影子

七年之痒，是从什么时候开始算起呢？

很多人都问过这个问题，迷惑于这个"七年"的判断标准是什么。结婚典礼后七年？确定关系后七年？同居七年？还是认识七年？似乎没有标准的答案。可以肯定的是，有的人的婚姻，仿佛从一开始就在痒，痒了一辈子。

唐嫛和她的老公李明亮，就从未有过"不痒"的时候。

结婚之前，唐嫛就听一些过来人说过：无论男女，婚姻中的大多数对象，都和自己心中所想千差万别。比如你平生最讨厌黏人的女人，但老天派给你的偏偏都是黏人类型；比如你一直憎恨男人的好吃懒做，相信我，你找到好吃懒做男人的概率肯定比旁人大。这是个过于消极的规律，但中招的人比例却很高。

唐嫛不信，她想不管娶还是嫁，肯定会选择自己喜欢的那一个，怎么可能和心中所想的差距那么大？但嫁给李明亮后，唐婴信了，结结实实地信了。她觉得，自己在答应李明亮求婚的那一刻，肯定是变傻了。

"那为什么明知道对方不合适，还有那么多对夫妻会结婚呢？"唐婴问闺密小菜。

小菜若有所思，分析了一下，得出如下结论："因为无论男人女人，可塑性都是极高的。"

唐婴反观自己平日里的种种行为，默默承认了这句话的确有理。

唐婴和前任分手后，父母的一个同事热心地跑来为她安排相亲，对象是这个同事的外甥。初次见面，唐婴一点都不喜欢李明亮。他太无趣了，听他说话如同在听一个人呢喃梦境，明知道他在说话，但却又听不清说什么。偶尔夹杂一个冷冷的笑话，唐婴实在没法笑，便假装乐着，笑得很牵强。

可在父母的淫威下约会了几次之后，唐婴开始慢慢适应李明亮的冷幽默，到后来还有点喜欢了。可见"习惯"二字多么可怕，连心理学家都说了，人性中最难克服的弱点，就是各种"习惯"。唐婴后来不仅能接受李明亮的冷幽默，还可以参与进去。有一次和朋友们一起吃饭，他俩夫唱妇随地说着一些干瘪的笑话，朋友们在旁边面面相觑，完全不知道这两人所说的笑点到底在哪里。

后来，李明亮的父母费尽心思，快把唐婴家的门槛都踏破，好话说了一火车皮，唐婴的父母终于心软了，也"可塑性"高了一回，开始觉得李明亮确实是个上佳女婿人选。

于是，唐婴就这样嫁给了李明亮。

唐婗给朋友们发请柬的时候，朋友还是有点吃惊："这么快？"唐婗笑笑，"我也没想到这么快。"

结婚后才知道，唐婗的父母所说的家有房屋两间、良马一匹等内容全是有水分的，就连李明亮本身也是有水分的。新婚的男人不该都是有激情的么？李明亮倒是有激情，不过不是对她，而是对网游。

李明亮对网游的热爱超出了任何一个男人对于A片的热爱。有一天家里网络坏了，李明亮急得如同热锅上的蚂蚁，打了无数个电话给维修人员。在确认当天维修人员到不了的时候，李明亮灵机一动，跑去邻居家借WI-FI（无线网络）。去之前，想好了一个天衣无缝的借口。

"你好，我是1201的住户。不好意思打扰你了，我家今天网络坏了，但是我晚上和美国总部还有一个视频会议，还挺重要的。不知道可不可以借一下您的WI-FI，谢谢了。我就用今明两天，您要不放心的话，后天可以及时改密码。"

邻居是个年轻的男孩，很爽快，二话不说把WI-FI密码抄给了李明亮。李明亮像对待再生父母般，感激涕零的话说了一串。

等李明亮回到家，唐婗露出不屑的一抹笑，说："印象中很少听到你表达这么清晰流利。我想问你一句，如果这两天你不打这个游戏，会怎么样？"

"不会怎么样。"李明亮又变得惜字如金起来。他如获至宝地捧着那张抄了WI-FI密码的纸，向电脑桌走去，无视唐婗的情绪。

唐婗恼了，"不会怎么样你还这么急？还美国总部呢，为了能上网你真是不惜往脸上贴金啊。"

两个人的"痒"，从新婚两个月后就开始了。夫妻之间一旦开始了彼此的冷嘲热讽，就会像瘟疫一样快速滋生，蔓延扩大，一发不可收拾了。从此，唐娿的不满，李明亮的无动于衷，成了每次争吵的导火索。

"老公，我要出门了，你真的不去吗？"每次唐娿想出去转转，想让李明亮陪着去，李明亮都不会去。每次，每次，唐娿都怀抱着希望，穿戴整齐站在门口了，会把这话再问一遍。

"你去玩吧，玩得开心点。"李明亮敷衍。通常这时，他正在拿着手机不知道在玩什么，丝毫没有要出去的意思。

唐娿失望，"你就不能陪我出去走走吗？"

李明亮总会说："平时上班已经很累了，不想出去了。"

唐娿揭他的短，"可上次你想去看什么3D画展时，还口口声声说周末不想在家待着，说人要多活动活动。这些话都是你说过的吧，怎么前后不一致？"

李明亮说："我没有说过那句话。"

唐娿气急，"啪"的一声关上了门，去按电梯按钮。她时不时地看向自己家的门，希望李明亮能追出来，希望他能改变主意。可是，她从来都是失望的。

唐娿每天至少有十次怀疑，她和李明亮之间到底有没有爱情。

李明亮做着一份不高不低的工作，下了班就是网游或是网络小说，唐娿印象中他从不看书，也不学英语或是其他技能。有一次唐娿把一本《新概念》放到他的桌前，说很希望他能补补英语。隔天，那本可怜的《新概念》便成了李明亮的水杯垫。

李明亮不爱说话，只爱闷在自己的小世界里尽情地欢乐，唐娿尽力地给他留自己的空间，男人嘛，总是把"空间"二字挂在嘴上。可到最后，连唐婴自己都觉得要重视审视"空间"这个概念了。空间到底是什么？这是个糊涂的概念，是给你人格上绝对的信任，是尊重你所有的兴趣爱好，还是让你不背负任何责任，过绝对自由的生活？如果是那样，你要婚姻来做什么？

从此，两人便再没有共同语言。

两个人的世界，旁人永远不会懂，谁都有错，谁也没错，就是那么理不清。都说"清官难断家务事"，家务事，就是那种没有谁是谁非，鸡生蛋蛋生鸡一样说不清楚的事，连当事人自己也糊涂了。

唐婴和李明亮，在结婚的第二年便分居而卧。新婚时便寥寥无几的夫妻生活，一年之后接近于零。

唐婴不止一万次地想到要离婚。身体灵魂都不能恋爱的婚姻，要它来做什么？

唐婴终于把这个想法告诉了父母。妈妈是传统女性，一听急了："又不是什么原则上的大事儿，这哪能离婚呢？他有外心了吗？他打你骂你了吗？都没有嘛！你们现在的年轻人就是不想好好过日子，为这点小事就离婚，也不怕别人笑话。"

朋友也劝慰她："最好不要离！据我所知，夫妻俩离了婚，最亏的还是女人。女人身上贴个'二婚'的标签，真的很难再找到好男人的，你不要被那些成功的个例所迷惑了，那只是个例，没有代表性的。"

优柔寡断的唐婴再一次为命运低了头。

唐婴和李明亮的婚姻已经度过了六个年头，这六年来，他们始终貌合神离，但至少在外人看来，他们的家庭是完整的，夫妻二人是美好又和谐的。唐婴渐渐地也不再和人诉说自己的婚姻了，她说不出口，也知道倾诉并没有实质的效应，只是心理上多一点麻痹罢了。

他们的婚姻，就是为旁人而活的婚姻。

婚前倒头就能睡着的唐婴现在开始失眠。分房而睡的生活已经好几年，那一头李明亮依旧专一热爱着他的网络游戏事业，打累了就睡觉。这边唐婴夜夜睡不着，白天又醒不了，整日搞得自己身心俱疲。那年，她才三十岁。没有好的情感滋润，没有释放的出口，唐婴总觉得自己已经未老先衰。

他们没有孩子，他们也不可能拥有孩子，他们就像一对熟悉的陌生人一样，在共同的屋檐下呼吸着相同的空气，却说不出同样的话。他们还像夫妻那样，总是双双对对地出现在父母家里，同事聚会或是朋友的婚礼上，回到家后就各回各房，各自为乐。

唐婴给了李明亮足够大、足够宽敞的空间，大得像是这个男人从未结过婚，依旧在过单身的生活。

唐婴问李明亮："你当时为什么要结婚？是父母逼婚的吗？"

李明亮说："我当时喜欢你，就是觉得你能给我自由，只要是大方一点的女人，谁都可以。"

唐婴终于下定决心要离婚。她终于明白了，跟着李明亮，自己的一生就等于被判了无期徒刑，稍抬抬头，就可以一眼看穿自己的未来，她很快会成为一个郁郁而终的老太太。唐婴宁愿自己被判的是死刑，起码还能在死前轰轰烈烈地寻找一次自我。如果说，婚姻的无期徒刑至少还能带给人一些生还的希望，但是却要用那么长的人生为代价，那还要这点可怜的希望做什么？

唐婴再也不惧怕人们的眼光，更无所谓"二婚女人"的标签。

一切为了理想

秋天的天空碧空如洗，秋高气爽。这是上海最美的季节，张家玮却怎么都笑不出来。

中医药大学的四年本科，三年硕士，只为着学成后能回台湾从事中医师的工作，但刚刚同学李先枫告诉他的一条消息，却让他的希望全破灭了。

"家玮，我刚听说哦，台湾那边的中医师特考取消了，我们回去发展的另一条路又被切断了。"

李先枫和张家玮都是台湾人，来上海多年依然保留着台湾腔。李先枫就用柔和的语调告诉了张家玮一个如此坏消息。

李先枫还说："这下好了，丁丁又要取笑我了。她当初就不同意我来这边学中医，我还信誓旦旦说一定会回去工作，现在看来是很难了哦。"丁丁是李先枫的女朋友。

张家玮也很失落，看到李先枫那个惆怅模样，忍不住宽慰他：

"或许还有解决办法。"

李先枫忍不住发牢骚："是我们的选择错误了吗？当时报考大陆的中医药大学时，我们那边还正在热议要承认大陆的学历，没想到这好几年过去了，这边学历还是得不到承认，连中医师特考都取消。我们怎么办？还是在这边成家立业吧？可丁丁不一定愿意离开家哦。我羡慕你家玮，起码书琴和你在一起。"

家玮的女朋友书琴，和家玮一起在中医药大学求学，两人当年一起报考上海的大学时，内心的想法是一致的。他们都喜欢中医，也向往着大陆的中医药大学，在家里人的支持下，双双来到上海读书。

听了李先枫的话，张家玮苦笑道："书琴前段时间说过，如果没法在台湾当中医师，她就去新加坡。"

"那你呢？"

"如果真回不去，我还是想在上海。"张家玮很坚定，"其实我之前也想过这个问题，如果我们的学历在台湾不被认可，但在大陆却是很有分量，那为什么不在这边呢？我喜欢中医，我想大陆还是学中医最好的选择。现在硕士毕业了，能找到好的医院实习的话，应该会一两年，实习虽然薪水差些，却是很好的锻炼机会。我们导师说，大陆门诊每天的人都很多，成长最快了。"

李先枫不太同意，"可是这边医生的收入没有台湾高啊。"

张家玮笑笑，"那只是暂时的啊，几年后就不一样了。"

李先枫看他比较坚定，只好点头说："大家人各有志，我们再好好想想吧。"

张家玮心里难过，是因为书琴。当他把李先枫说的消息告诉书琴时，书琴也很坚定地表态："还是要回去，或是去新加坡。"

"为什么？回去改行做别的吗？"

"不是我一定要回去，是我爸。他当初让我来上海学习，就是为了让我好好地学习中医知识回去帮他。如果学历不被承认，我可以在爸爸的诊所里帮忙，或是再去高雄医学院重新考，或者，我可以和我爸爸一起去新加坡开个中医门诊，他和妈妈一直有这样的愿望。"

"你不是说你很喜欢上海吗？"张家玮问。

"我很喜欢。但是我又很想和家人在一起。"书琴非常肯定。

两个人的选择，现在变成一个人的。张家玮坚定，书琴更坚定，他们都有坚定的理由。

"家玮，"书琴说，"要不，我先回去，你在这边再想想。"

张家玮没有立刻回答书琴这个问题，而是默默地坐在一旁，仔细地考虑着。

书琴看他那副凝重的样子，忍不住笑了，说："你们男人哦，有时候都没有我们女人想得开。干吗这么严肃？上海离台湾又不远，你随时可以回去嘛！家玮，我们都已经不是小孩子，也很难为了爱情什么都不顾，你我都有学中医的理想，但又各有不同目标，大家不要为了对方而勉强自己。如果为对方而放弃自己的想法，就算一时在一起了，将来也会心有所憾。我不希望我们两个心里有憾。"

张家玮勉强地挤出一个笑容，"面临这么大的选择，我不凝重都不行。"

沟通的结果，张家玮终于被说服，他对书琴说："那……你就先回去吧。"

李先枫去了苏州一家中医医院，书琴回了台湾，只有张家玮一个人留在上海，进了一家有名的三甲医院实习，一实习就是两年。这两年家玮很辛苦，活干得最多，觉睡得最少，还必须对医院的领导同事处处温良恭俭让。导师告诉过他，要小心处事，还有，最好再继续读个博士。在医院这种靠技术吃饭的地方，学历越高自然发展越好。

这两年，张家玮其实很辛苦，可他却很快地成长起来。实习一过，就留在那所医院当了门诊医师。那一年，家玮和书琴分了手。

书琴是个心态很成熟的女生，她早已看出了和家玮两人之间有不同的未来。这三年，家玮忙得只有春节才能回去一次，而书琴没有再来过上海。书琴给他的最后一个电话，两人聊了很久很久，一开始书琴还是随意地和家玮聊着，慢慢地便沉重起来，到最后终于哭了。家玮也哭了。

两个人恋爱的时间太久，虽然早没有年少时的冲动，没有了相处时的激情，但彼此都已是对方生命中很重要的一部分，平常不轻易示人，一拔掉却会有刺心的痛。

"家玮，我们还是能做朋友的，我们能做到吗？"书琴啜泣着问。

"我不知道，我不知道。"张家玮只是重复着这句话。

书琴在第二年嫁了人。

书琴结婚的那天，家玮其实回到了台北，但书琴不知道。家玮开着车到了书琴爸爸的中医诊所附近。因为家有喜事，诊所歇业一天。家玮就那样远远地看着，然后，默默地离开。

张家玮身边从来不缺女生追,和书琴在学校谈恋爱的那会儿,就有不知道多少人盼着他们分手。家玮有着台湾男生特有的精致与儒雅,光听他好听的男声,女生们骨头就能酥掉一大半。知道他单身了,自然是再也不客气了,以前的同学,现在的同事,为了他还不惜装病挂号的病人,家玮身边的女生一下子多了起来。

家玮在医院的第四年,已经小有名气了,常常被邀请去各地讲座,还有一些有钱人聘请他当私人医生,但他都拒绝了。业余时间,家玮继续研究中医药知识,哪里有知名的老中医,他都会慕名拜访。有时会与台湾同乡们小聚一下,或是驾车去上海周边度假。

家玮三十二岁的时候结了婚,娶了一个可爱的上海女孩。

结婚的前几天,家玮给书琴打电话,告诉她:"书琴,我把自己嫁在上海滩了。"

书琴摸着圆滚滚的肚子,那里正孕育着一个小生命。尽管知道他终有一天会告诉自己这个消息,书琴还是一怔,随后笑笑,"好好爱她吧。祝你幸福。"

我们都会幸福的。

付出的一切因你而变得值得,因为我们勇敢地选择相信生活。

白天也懂夜的黑

一个小小的公寓,一室一厅,有两台电视机、两台电脑、两个I-PAD。客厅的布置是北欧式简约风格,白墙白顶白吊灯,浅木色地板,浅灰色沙发;卧室的布置是萝莉风格,一开门便见清一色的粉红,不习惯的以为自己的视觉出现了问题。卧室里的地板上、梳妆台上、床上、窗台上芭比娃娃堆得泛滥成灾,就连衣柜、镜子、电脑、手机等拥有平面的物体,上面也贴满了芭比贴纸。

当然,这些芭比是和一堆混乱得分不清上衣还是裙子、内裤还是围巾的衣物放在一起的。所以这个房间,给人的感觉就是有两种:一是粉,二是"充实"。

卧室和客厅,是分属于两个人的小空间。另外,厨房是女孩的,洗手间是男孩的。他们经常在各自的小空间里寻找自己的人生意义。

女孩叫李沁儿,她对着男生的客厅说:"你的品位是高雅有余,生活味儿不足。朋友们来咱家，都不好意思往你那些艺术品一样的沙发上面坐，你这明显比样板间还样板间。看你每天纠结那样儿，开了窗户怕尘土，不开窗户怕憋闷，我就不理解了，你这房间是用来拍照的吗？"

男孩叫李哲，他对着女生的卧室说："你的品位是装可爱有余，内涵不足。一个个睁着那么又大又假的眼睛，你就不怕半夜里她们被施了魔法大变活人吗？不是我吓唬你，我真的听说过有人家里的公仔半夜三更跑出去的，呃，好瘆人。我的沁儿，你的房间才是用来拍照的好吗？"

李沁儿不以为然，"芭比集体叛逃？好刺激，这不就是玩具总动员么？"

李哲也不以为然，"样板间？很 OK 啊，我对房子的最大要求，就是住了十年还是和刚搬进去一模一样！"

李沁儿，李哲，似乎从来都没有走进去对方的世界。可爱情就是这么奇怪，不是惺惺相惜就一定能够百年好合，也不是每一对牛头马嘴的人就不能善始善终。

李哲回国后，和相恋几年的女朋友李沁儿一起买了这个小房子，理所当然地同居了。长距离恋爱变成耳鬓厮磨，他们开始了真正的磨合期。以往在电话里都很美好，是因为电话里没有柴米油盐，没有人在生活上对自己的习惯指手画脚，现在住在一起了才发现都是问题。尤其是，一个在北欧待了好几年，另一个却早已习惯了自由和凌乱。所以虽然两个人都在努力适应，但还是常发生类似的斗嘴。

"恋人之间小情调嘛！"李哲总是这样安慰李沁儿。

李哲回国后倒时差,这时差一倒就是一年,一份挺优质的工作说不做就不做了,在家当起了作家。李哲给出的理由是:在国内工作,人际关系复杂,太无趣了。

李沁儿下班回来,李哲刚起床,看着李沁儿身上的紫色小洋裙,随口问了句:"嗯?新买的?挺好看的,品位进步了。"

沁儿满脸不高兴,"这衣服都快成历史了!"

李哲有点窘,不好意思地笑笑,"刚起床,眼有点花,嘿嘿。"

沁儿换了鞋,径直走到卧室,"哗"一声拉开窗帘,窗外的景色是万家灯火。

"晒晒月亮!"沁儿说,"晚上我睡觉,窗户紧闭。我走了,你接着睡,窗户又紧闭。这窗帘还隔了层遮阳布,所以这房间是终年不见阳光。我的布娃娃都要发霉了,阴气再这样重下去,她们真的该要半夜活过来了。"

李哲没什么表情,没理会沁儿的牢骚,穿着舒适的居家服,去洗手间了。刷牙保养,所用的时间不比女人短。沁儿少不了又想调侃他几句,她冲着洗手间里的人说:"你天天见不着紫外线,皮肤捂得比我的都白,还那么保养做什么?"

李哲探出个脑袋,摆出一副无奈的表情,眉头微微皱着,"这叫品质生活!"

李沁儿撇撇嘴,"晒阳光才有品质呢,你一天窝在家里还谈什么品质。你在国外也是这样生活吗?"

"就是因为空气不太新鲜,我才不想出门的。"李哲已洗漱完毕,走出洗手间,对沁儿说,"我虽然在家,但收入不低嘛。我的那本国外旅行的书卖得很好，已经第二次印刷了，有版税养你嘛！还有我在网站上连载小说，赚的钱不比上班差。我把银行卡全交给你，可以吧？哎，我喜欢这样的……"

"好啦，"沁儿打断他，"外国的月亮圆，你就待在外国好了，回来干吗？"

这句话有点伤。李哲一时没接话。

"对了，沁儿，我想装个卫星电视。"

"干吗？"

"我想……看欧美的电视台。"李哲极力避免着"外国"这两个字，换汤不换药地说成"欧美"，生怕沁儿敏感。

李沁儿果然反对，"国内的电视台不够你看吗？你要是天天半夜三更守在客厅看美国的电视节目，那我俩以后还能有性生活吗？不敢想象！"

李哲笑了，"我保证，你随叫随到，可以不？"

李沁儿还是火了，"这事是我一个人的事吗？什么叫'随叫随到'，整得我好像天天怎么你了似的。李哲！Matt Lee（李哲英文名）！如果你就是这么对待我们之间的感情，我倒是觉得，我们的同居没有任何必要！你以为我不知道你为什么不想工作吗？根本不是因为人际关系，也不是因为中国的公司老加班，而是因为你想在别人上班的时候看 ESPN（娱乐与体育节目电视网），看原汁原味的英美剧，看脱口秀，看国外的新闻。你的时差一直没有倒过来，我不知道会不会倒一辈子，你完全适应不了国内的生活，所以你逃避！"

顿了顿，沁儿补充一句："你也适应不了我。"

李哲还努力撑着气氛，"没那么严重，我是真的喜欢写作。"说完伸手去抱沁儿，被沁儿一手打开了，"以后都不要碰我，过你的高雅生活去吧，文艺男青年。"

李哲哭笑不得，"我没有装高雅啊，我在国外一直都是这么生活的。"话说出口马上后悔，又提国外的生活了，真是该打。

"我吃火锅，你吃牛排，搞得每次出去吃顿饭都得去两个地方；我想看青春电影，你非说是垃圾，我就喜欢看垃圾，我喜欢我喜欢！我喜欢娱乐节目，你也说幼稚得可笑，说我看的没有营养，一个娱乐节目又不是读书节目要什么营养文化嘛！你还说你没有装高雅？"

"可你说的这些真的很不好看嘛，谁说娱乐节目就不能有文化了？比如……"

"这么说，我也很难看了？"沁儿说着眼泪就流了下来。

李哲看她哭，也慌了，不过他也习惯了沁儿经常没来由的眼泪。女人的思维就是奇怪，无论任何吵架，最后都能归结于是男人不爱自己了。李哲输了。男人吵架哪有吵赢的，他真后悔和沁儿辩论，男人嘛，女人一有情绪了，死皮赖脸地哄一哄、抱一抱就可以了嘛。

"沁儿，不哭了哦！"李哲连忙改了语气，"我们在说某些电影和娱乐节目难看，你怎么就联想到自己了呢？这中间有任何的联系么？你怎么会难看呢，你最好看，我每天看着你都觉得自己特别有福气……"

李沁儿摇摇头，"不，你说的不是真的。我本来就自卑，你还成天拿你出国的事情来气我。真的，李哲，我感觉我和你差了整整一个世界！你的世界我根本不懂，从来都不懂。"

一个白天，一个晚上，一个空间，两个时区。白天不懂夜的黑。

沁儿很委屈，却也再说不下去，转身往卧室走，丢下一句话："你的一天才刚刚开始，守着你的艺术客厅、抱着你的小说结婚生孩子去吧。"

卧室门"砰"地一关，反锁。瞬间，又是两个世界了。

半夜，沁儿听到门锁窸窸窣窣地响，一骨碌爬了起来，冲着门外喊："何人？"

李哲在门外假装紧张兮兮地，"沁儿不好了，你的娃娃们真的跑出来了。"

迷迷糊糊中沁儿分析能力降低，果然信了。她光着脚跑下床开门，看到鬼鬼祟祟的李哲站在门口。

沁儿这才从梦里醒悟过来，转身又要关门，被李哲挡住了，"放我进去，娘子！"

"谁是你娘子啊？怎么，文章写完了？"

李哲借着男人的力气挤进门来，"写完了，找娘子歇息了。"

沁儿抬头看了看表，才晚上十二点半。这么早就睡觉倒是挺新鲜，女人还是心软，就把他放进来了。沁儿径直摔倒在床上，侧着躺好，没好气地说："我继续睡，拜托不要打扰我，我不习惯和你睡。"

还是满满的抱怨。两个人在一起的时间，几乎没有在同一个时间睡过觉。从来都是各在各的空间，做各自的事情。只恨房子不够大，要是来个大平数的房子，两人真能把一间房子隔成两个。

李哲从背后抱住了沁儿，把她揉到了自己的怀抱里，柔声地说："沁儿，我们结束同居生活吧。"

沁儿身体微微一抖，气得大吼："那你现在滚出去！"

李哲就知道她误会了，暗暗想笑，表面还是一本正经地，说："我们领了证，就是合法同居了嘛！"

原来是这样。

沁儿心头一动，"腾"一下转过身来，说："你还嫌祸害我不浅呐？结了婚，你就可以光明正大地把我晾一边，让我过守活寡一样的生活了。我才不要！"

李哲更加用力地抱紧了沁儿，说："以后不会了，我也该过一点正常人的生活了。你骂得对，我是一直在逃避，适应不了国内生活。但我会慢慢改，就从作息正常开始，你监督我，好不好？"

"好！"沁儿答应了，"明天早上就去领证吧，黄道吉日。"

李哲想，女同志的革命热情果然是不可小觑的，还有，想象中的女朋友热泪盈眶的场面呢？他不知道此刻他怀里的女孩已经泪眼盈盈。当李哲肩膀上晕开了一片眼泪，他感觉到了湿意，才知道沁儿其实哭了。

她果真哭了。李哲却没有那么开心，他知道沁儿的眼泪不只是因感动，还有无尽委屈。

李哲提醒道："娘子，明天不是周末，领证你有时间吗？"

沁儿挂着眼泪，怒骂他："我请假！这么大的事儿不值得请假吗？你傻啊？周末民政局谁给你办证啊？怎么你想反悔？没了李哲，你要是反悔，我现在就一个飞腿踢你个半身不遂。"

李哲慌忙护住关键部位，说："最毒妇人心！"

人们总是说，白天和黑夜，无法想象对方的世界，但却忘了，它们其实互相追随，在黎明破晓或是夜幕降临前，浅浅重逢。

高速路上凛冽的风

清明节小长假第一天。电视里正在播放着一条大巴翻落山谷的新闻，伤亡惨重。冷千瑾心头一堵，哆嗦着手摸到了遥控器，换了台。冷千瑾此生都不愿意看到这些镜头。

那是她永远不愿回想的过去，她心里永远不会痊愈的伤疤。因为这个新闻所勾起的回忆，冷千瑾又一次夜不成眠，揽着回忆无法睡去。

第二天，冷千瑾买了一束黄玫瑰去为家明扫墓。清明时节雨纷纷，每年的这个季节，小雨总是应景地下了起来，打得地上湿湿的，心也湿湿的。这里是逝者的安乐园，来扫墓的人很多，却还是异常安静。大概只有这个时候，人们素日里喧嚣的心才能静下来，来为先人守一份安宁。

家明的爸爸妈妈一看到冷千瑾，脸便沉到了泥土里。一年不见，家明妈妈老了许多，以前精明漂亮的职业女性，现在已是白发鬓鬓。家明妈妈上前几步，一把打掉千瑾手里的花，哭着骂道："为什么走到哪里都有你？姑娘，我求求你了，你不要再出现在我们家人的面前了好不好？我们都承受不起，你就是我们全家的一个噩梦！你走吧，不要让我再看到你！"

冷千瑾把地上的花捡起来，重新整理好，默默地放在家明的墓前，轻声地说："家明，黄玫瑰，你最喜欢。"

家明母亲仍旧一把拿起花来扔掉，"家明喜欢我们会买给他，不需要你。你走吧，听到了没？"

家明父亲理智些，他抱着爱人的双肩，眼里噙满泪，颤抖着声音说："算了，就把花留下吧。在家明面前，我们就不要吵来吵去了。"

家明母亲躲在丈夫的怀里，嘤嘤嘤地哭起来，边哭边数落着冷千瑾："你还送什么玫瑰，还玩什么浪漫？你直到现在了还玩浪漫，家明就是被你的浪漫给害死的……你太任性了……呜呜呜……"

家明母亲的哭声像刀子一样扎在了千瑾的心里，一阵阵地疼。她含着泪，跪在了二老的面前，说："叔叔，阿姨，对不起。"

家明和冷千瑾是青梅竹马的情侣，高一开始，两人就都被分在重点班里，是班上最早公开的恋人。因为有好成绩撑腰，老师们对他俩的事也睁一只眼闭一只眼，同学们暗地里叫他们"学霸恋人"，当成学习的榜样。

可是天不遂人愿，高三时家明大病一场，休学休了一个学期，重返学校时，成绩落下来一大截。家明死里逃生已是大幸，父母老师都觉得以他的基础就算今年考不上理想大学，复读一年再考个重点也没有什么问题。可是家明却决定：如果考不上理想的大学，就去当兵。

千瑾很不理解家明的决定。上大学才是最好的出路，人一辈子如果不上大学该有多遗憾，冷千瑾无法想象如果不上大学人生该会怎么样，她的思想很简单，就是一定要上个好大学，和家明一起。

可家明最后还是没考好。他的身体影响了他学习的进度，也打击了他的自信。

几个月后。千瑾去了北京读大学，家明去了太原当兵。老师眼中的名牌大学预备生，人人眼中的才子佳人，就这样被命运分到了两地。家明说，那是他自己的选择，他羡慕军人们的体质，想像他们一样。

辛苦的异地恋。

新入校的大学生是幸福的，新入营的新兵却是最艰苦的。几乎从一开始，他们便开始吵架了。千瑾所有的吵架导火索都是因为家明不关心她。纪念日太多，家明忙得一个也没记住；千瑾生病了，家明却没有及时关心她；千瑾兴高采烈地讲起美好的大学生活，家明没有陪她一起开心，至少表现得并不是那么兴奋，等等。

有时候，千瑾在想，她和家明的距离，仅仅是北京和太原吗？

太原离北京并不是很远，但在几年前还没有高铁和动车的日子里，家明每次去北京看千瑾都是坐长途大巴。部队的空闲时间并不多，家明一有空就会去北京，他怕千瑾生气，连自己家都很少回。

千瑾带着家明在大学校园里参观，校园很大，骑车绕一圈下来都得半个小时。校园的樱花和草坪，校园那个漂亮的图书馆，偌大的球场上那么多正在运动的男生，八号餐厅的饭菜包罗万象能吃到全国各地的口味。一切都是那么美好。

千瑾从家明的眼睛里看到了羡慕。

千瑾的生日是在1月5日，北京已经一片冰天雪地。因为过生日家明能不能来的问题，两人为此吵过好几次架。女人的吵架，经常会从刚开始的占理,变成最后的无理,一激动,音量变高语速加快,多狠的话都能说出来。千瑾冲着电话吼道:"你起点已经比别人低了,为什么还不加把劲?你认为我在学校里没有人追吗?"

这句话深深刺痛了家明的自尊心。

其实,那段时间营里正在选班长,家明和另外一位小伙子最有希望,可是为了千瑾,家明在这个时候请了假,他放弃了那个机会。他准备给千瑾一个惊喜,先是在网站上找到一家北京的花店,为千瑾定好了一大束黄玫瑰,又委托花店帮他定个蛋糕,在指定的时间送过去。

随后,像往常一样,家明买了一家上午出发的长途大巴票,出发去北京。

太原刚刚下过雪,高速路封路一天后,解封,但还是有一些路段积雪未消。家明坐在车上,望着高速路两旁白茫茫的山,路边时不时浮现的冰雪,家明觉得特别不安与空虚。要去见自己心爱的女孩了,她此刻还在生着自己的气,不知道自己正一点点接近她。她看到自己为她准备的惊喜会开心吗?她看到自己的出现会开心吗?一想到这里,家明就不自信了,千瑾现在对他总是看不顺眼的样子。还有,千瑾她真的有很多人追吗?今天她并不知道自己要去,他会不会看到自己不想看到的画面……

"呼呼"连着几声巨响,大巴突然失控,冲到了路边的护栏上,顿时车厢内所有的人和物都被弹离了原来的位置。家明来不及反应,大巴已经翻了个跟头,直接冲下了高速路,一头栽到了山谷里。

那一次大巴车祸,遇难三十三人。

冷千瑾生日那天,同学们要帮她庆祝生日,还把一直暗恋她的一位学长也请了去。吃饭,KTV,玩了一整个通宵,快递人员把蛋糕和黄玫瑰送到千瑾的宿舍时,宿舍里没有人,打电话千瑾也没有接,于是快递就把蛋糕和黄玫瑰放到宿舍管理室那里。

其实那一天，千瑾也并不开心，因为家明没有来，甚至连个电话也没有。她忍着没有给他打电话，赌气地把手机关掉，就去和同学们狂欢了。她没有接受那位学长的表白，她还有家明，虽然他连自己的生日都忘记了，但依然还是她的家明。冷千瑾那天晚上喝得酩酊大醉。

翌日清晨。

"宿舍管理室里的阿姨还挺浪漫的，那么大束黄玫瑰是谁送的呀？咦，旁边还有个大蛋糕呢。"千瑾和同学们头昏脑涨地回到宿舍，路过管理室时，一眼就瞟到了里面的鲜花和蛋糕。

室友们打趣道："管理阿姨梅开二度了啊！好羡慕，我都没有收到过这么大束的黄玫瑰。"

"冷千瑾！"阿姨也看到了千瑾，推开窗户喊住她。

"嗯？"冷千瑾睁着眼睛望着管理阿姨，"阿姨有何指教？"

"昨天去哪儿了？一群女生彻夜不归的像话吗？你们去照照镜子看看一个个那醉生梦死的样儿！"阿姨先唠叨了几句，随后指指屋子里的蛋糕和花，"这都是你的，快来拿走。"

千瑾和室友们互看一眼，便飞快地跑到管理室。

十五朵嫩黄的玫瑰，代表着千瑾的生日：1月5日。花朵经过一夜暖气的炙烤，已经有点蔫，但千瑾却无比地开心。花里夹着一张小卡片，上面写着："亲爱的，生日快乐！等着我。"

一位嘴快的室友说："黄玫瑰好像不吉利哎，跟黄菊花似的。"

另外一位室友也说："听说黄玫瑰代表着要分手了，不知道是不是真的。哎呀，没事啦，我们中国人对这些花语本来就不讲究，而且那些花语是有很多种说法呢。"

冷千瑾突然想到了一直关着的手机，连忙去包包里摸了出来，满怀期待地开了机。有几条短信，却没有一条是家明的。千瑾打开短信一条条地看，几条短信只有一个内容：家明出事了，看到后回话。

千瑾头"嗡"一声，霎时间浑身冰凉。手抖得几乎没法拿住手机。电话里传来家明母亲撕心裂肺的嚎哭声，还有千般的责骂与怨恨的话语，一并向千瑾袭来。冷千瑾站在原地，蛋糕和鲜花落在了脚下，再也没有力气挪动一步。

"怎么了？怎么了？"室友们看到千瑾那个模样，吓坏了。千瑾不说话，怔怔地发呆。室友便把她手里紧攥的手机抢了过来，放到耳朵一边，明白了一切。

家明死了，家明死了，家明死了。家明真的离开她了。

冷千瑾脑子里只是重复着这一个事实，再也没有其他。家明死了，就在来北京看她的途中，她却一无所知，她还和同学们去狂欢，她还关了手机赌气不给他打电话，她还在生日之前没完没了地和他吵架……

这一切都是因为她，冷千瑾。

"千瑾，千瑾，"室友小心地唤她，"别傻站着了，你现在马上买张票去看看啊！"

"对，我们陪你一起去。"室友不放心千瑾此刻的状态，纷纷提出要同行。

千瑾失魂落魄地说："我自己去。"

家明的后事料理完，千瑾一个人回学校。家明的妈妈见面就给了她两巴掌，但这两巴掌并不足以解气。家明的妈妈说，永远都不想再见到她。

千瑾一个人坐着长途大巴到了上次家明出事的地方。高速路上不能停车，千瑾就拼命地求司机，说她就要在这里下车，不用等她了。

"姑娘，这地方很不吉利的，前段时间死了那么多人，阴森森的，你要在这里下车做什么？"

"我想看看我男朋友。"

司机无奈，让她写了一个保证书，保证她下车是自愿的，有任何后果大巴公司都不承担责任。写完了才让千瑾下去。

就让我再任性一次吧。

这段高速路横跨在山腰上，下面就是深不见底的山谷，前后都没有收费站，前不着村后不着厕所，除了几只飞鸟和光秃秃的山，看不见任何生命的痕迹。这里的温度比城市里至少低十度，寒风刺骨，呼出的气一团团地在脸前萦绕，犹如凄凉的白霜。在这里，亡灵都不愿意多做停留的吧？而家明，你回家了吗？

冷千瑾站在新修好的护栏那里，看着山谷，抱头痛哭。

千瑾的心里从此负荷了沉沉了的枷锁，她永远不能再原谅因为自己的任性而造成家明的离去。她从此不敢再任性。尽管她知道爱情中任性的女人很多，失去任性的爱情也会失去了很多的情趣，但她却不敢再轻易尝试。千瑾直到现在还没有走出来，她就像一个小心走过冰封的河面的人一样，每走一步都小心翼翼，生怕每一个不当的言行又造成了无法挽回的后果。

家明的父母很恨她，他们将一辈子恨她。千瑾答应，不会再出现在他们面前，她用自己的方式怀念家明。

千瑾直到现在都没有男朋友。

婚前不堵车

"上海这交通状况越来越差了!"美玉坐在副驾驶上,骂骂咧咧的。我刚去虹桥机场把她接上,正开往静安寺,一路上路况还不错,有点堵但没有太糟糕。但美玉这急性子还是受不了了。

我说:"还可以吧,比北京强多了。"

美玉叹了一口气,说:"哎,反正比我结婚以前是堵多了。"

我一时没有明白她说的是什么意思。美玉才结婚两年,这两年之间上海的交通有那么大的变化吗?我自己是没有感觉到,也没有领会到美玉说的结婚以前和交通状况到底有什么联系。

"快到了哈!"看着美玉这姑奶奶因为交通都能气成那样,我觉得好笑。

"嗯,没事。"美玉也平静下来。

美玉是个作家,从高中时就开始写作,已经坚持了十几年。美玉以前是上班族，待过两个公司，都做得如鱼得水，工作能力很强。可美玉不喜欢朝九晚五的生活，也不屑于复杂的人际关系，便狠下决心辞了职，在家专职写作。

2007年开始，美玉开始在一个著名的中文网站连载小说，写得全是巴蜀一带的鬼故事。美玉的爷爷就是从事相关行业的，美玉从小耳濡目染，所以小说写得既有情节又有文笔，既有传统文化也有专业知识，一经连载便在短时间内收获了一亿人次的点击量。美玉的小说大火。

美玉的老公姜程就是她的粉丝之一，一个崇尚中国古老文化的五星级酒店大堂经理，伪文艺青年。他们在一次出版界开的笔会上相识，姜程作为酒店的负责人管理笔会的一切事务，美玉作为嘉宾做演讲。姜程没想到自己一直崇拜的女作家就近在眼前，而且还如此漂亮，心头一动，利用职务之便与美玉眉目传情。

姜程一直认为，作家的文字和脸是不成正比的，喜欢一个作家，喜欢文字就好，看了真人大多数会失望。美玉的出现让他改变了这个念头：原来真的可以人如其文。

姜程理所当然地给了美玉自己的名片，美玉没有留自己的名片，但把微博微信的账号都给了他。从此，王八绿豆就对上眼儿了，开始了他们之间的爱情故事。

美玉在上海，姜程在北京。美玉时间自由，多半是她往北京跑，每隔两三个星期都能去姜程所在的五星级酒店住一次特价房。姜程一有假期就带她去北京周边去逛，经常从早开到晚都不觉得累。只要美玉一声令下，姜程无论多远多堵，甚至不在北京，都能想尽办法过来接她。

那时候北京怎么就不堵车呢？

我想到这里，大概明白了美玉刚才说的话是指什么了。她是在抱怨，抱怨姜程没有去机场接她，而且，他一定用了一个美玉很讨厌听到的烂借口。

我说："美玉，你现在哪是嫌堵车啊，你这分明是心里头堵得慌。"

美玉终于承认了，骂骂咧咧的："结婚以前，不管我在哪里，他都甜言蜜语地说'你就在原地别走开，吃点东西喝个咖啡，我马上就到'，稍来晚一点都会不停地打电话解释，而他几乎都能准时到，难道他那时候开云霄飞车啊？可现在，切，我每次让他来接我，他都说'路上堵，自己打车回来吧'。我靠！老娘我辛苦赚钱买车，可不是为了天天打出租的。"

我添加油醋地说："男人都这样，你还指望着男人永远都和你甜如初恋呢？还有，美玉，你一个文艺女青年，别成天'靠靠靠'的，你现在也多少算个名人了，别脏话说成习惯了，到时候在重要场和出口成'脏'了。"

美玉笑笑，"我会应用自如的。一想起姜程我就来气，人家说小别胜新婚，我出差十几天了，回来让他接一下都不愿意，可怜我提着大箱小箱的一堆行李，要不是你来接我，我真的只能哼哧哼哧去排长队打车了。我算是看透了，婚前表现越主动的男人，婚后全要把那些债讨回去。"

我哈哈大笑，"真该让你的读者看看你这个怨妇模样，看看谁还会崇拜你！"

玩笑归玩笑，我却是真的明白美玉的苦楚。结婚也就两年而已，待遇却是天壤之别。随着美玉越来越出名，美玉在外面出差的时间也越来越多了。以前在姜程眼里这全是优点，而现在就是缺点了。一个女人天天往外跑干什么呢？父母又催生孩子了啦。

曾经崇拜的女作家成了自己的老婆后，就不再那么神秘了。美玉在家蓬头垢面地写作，成了姜程最不能忍受之事。美玉不止一次抱怨，婚姻让她没法写作了。

"方草，知道我为什么总是佳作频出吗？知道为什么我热恋那段时间啥都写不出吗？"美玉曾这样问我。

"因为热恋没有时间。"我说。

"错！只有悲伤的人才能写好情歌，只有悲伤的作家才能写好作品。你见过一个创作型歌手在娶妻生子之后还有好的作品的吗？我跟你说，幸福的人写出来的东西，往往让人无语。"

"你写一堆鬼故事，又不是写都市言情小说，怎么还和幸不幸福扯上关系了？"我先是笑骂她。先不管她说的是真理还是谬论，我却也听出几分道理来。我不知道该如何接话，我总不能说"为了写出好作品，你就继续悲伤下去吧"这样的话，我一时语塞。

美玉告诉我："两个人结婚了，距离却远了。"

这话多少有些伤感，听得心里比高架桥还堵。爱情是一时兴起，走下去却需要很大的勇气，女人想要一辈子都活在爱情里那是不可能的，除非你一辈子能换十个以上的男人。女人可以睁大眼睛选择一个如知音般的男人，这样在爱情的感觉消失的时候，共同的志趣爱好还可以让彼此心灵上的交流走很远，否则就只能面对着枕边人，却一句话也说不出了。

可是，大部分的爱人都不是自己的知音，谈恋爱的时候两眼一抹黑，看不到彼此真正的优点缺点，也想象不到未来的相处中会有那么多束手无策的事。年轻时相恋的两个人，打死都想不到恩爱的夫妻也会分床而睡。很多人在外面和客户、同事、领导、朋友甚至和陌生人周旋都游刃有余，但对婚姻中的两人关系却毫无办法。

可是，既然你们曾经相爱，就肯定也有过共同语言，现在只是人体化学反应快了些，审美疲劳了罢了。山珍海味天天吃，人们会做梦都想吃一碗陕西凉皮的。

我对美玉说："文字女人就是矫情，有点距离不好吗，省得天天大眼瞪小眼儿地看着生气。"

美玉摇摇头，说："不是说时间和空间的距离，是心的距离。曾经他特别崇拜我，是我的粉丝，现在却总说写作不是个正经工作，问我能保证一辈子都有这么旺盛的创作精力吗？我讨厌听到这样的话，我都要气疯了。方草，他不支持我的工作，他不支持我的工作啊！这是我最最受不了的。"

这确实是一件非常糟糕的事，换作我也一定受不了。我必须为自己的姐们儿说几句："瞧瞧，还天天在五星级酒店接触高端人士呢，封建迂腐思想都触底了。女人有点自己的兴趣爱好多难得啊，什么叫正经的工作？你天天朝九晚五上班就长久了吗？还不是想换工作就轻易换了？你打工就能一辈子保持旺盛的工作精力啊？"

我知道美玉很喜欢写作，一直偷偷地在写东西。她上高中时因为写作还和家里人大吵一架，父亲直接把她和一家出版社签的合同给撕了。在很多人看来，有个工作，每月领点白菜钱，再加上五险一金就是人生活全部的保障。那个时代早就作古了。其实无论任何一个年代，都是靠本事说话的,从来就没有铁饭碗。

美玉说:"自己的爱人反对自己的工作,而且还是从支持到反对,让人很崩溃。你说我该怎么办?要不我还是出去找个工作,晚上偷偷写作。"

还没等我回答,她自己就先否定了,"我现在的收入比上班的时候赚的多得多,我干吗要去应聘个公司,做个不喜欢的工作,还要天天和那些不安好心的领导们过招呢?不去不去!"

我给她最坚定的鼓励:"美玉我支持你。不过,还是和姜程好好地谈一谈,两个人是需要磨合的。"

美玉直到现在还在坚持写作,作品的质量越写越高,美玉还是美玉,拥有无数粉丝的作家美玉。她跟姜程坦白过,自己不会放弃这个理想。又不是杀人放火,偷人给你戴绿帽子,这么美好的一件事情,如果你都接受不了,那就另娶他人吧!姜程说,他以后不会再干预美玉的事情了,要尽力支持她。他一直不支持,是因为,他忌妒,忌妒老婆成就比自己大。

美玉眼睛一瞪:"他还忌妒我,我还想忌妒他呢。你不知道酒店那些女员工有多漂亮!"

美玉说:"我想通了,以后出差或回家,如果他没空就不用去接送了。咳,我干吗要成为那种断手断脚的女生啊,我自己又不是不会打车。都三十好几的人了,还天天黏嗒嗒地做什么?这个是我有点无理取闹,我承认。他不来接我才好呢,我就有时间找你去鬼混了。"

我窃笑:他们看来已经冰释前嫌。

我与美玉击掌为盟:"有姐在,肯定不堵车。"

PART 5

世间的相遇

皆是久别重逢

人在每个阶段都会认识不同的人。有的来了，有的走了，我们永远无法预测自己将与谁有一场际遇，谁又会与我们的生命交汇，谱写出点点滴滴的人生插曲。

　　在每个环境里的熟悉或纠缠，日后想起都会成为笑谈。形式上结束了某一个阶段，多数的人成了客途的雁，也有一些人留下，成为朋友，一生相伴。

　　我们身边总有一些相知相惜的朋友，尽管岁月毫不留情地洗牌，让一些人不再出现在自己的生活里，仅成了一个模糊的名字，可却让我们的每步成长真实丰富，让我们时时刻刻都能拥有真情实感。

　　不用感叹"相识满天下，知心能几人"，朋友从不刻意求得，就是自自然然地灵魂吸引。你不用为友情许下承诺，不用与他缔结婚书，亲疏随缘，彼此尊重，相伴度过一段愉快的时光，就是人和人最美好的关系了。

再也不会有人给我写那样的信

一说到朋友,脑子里就会本能地蹦出来几个名字,那几个名字的主人,应该就是真的朋友了。

好在,虚度三十载,还真是幸运地有了几个很好的朋友。虽然大多数的朋友都仅仅代表着某个阶段,可还是有不少的人跨越阶段,长长久久地存活在我的生命里,成为我一生的挚友。

Bocmotion 就是其中一个。也是因为 Bocmotion,我对朋友的定义有了新的体会,也坚持相信男女之间真的存在友谊。你们可以在某段时间不再联系,也可以发生过一些小摩擦,但只要一到对方面前,你除了高兴还是高兴,除了放松还是放松,话题可以是风雅颂,也可以是屎尿屁,随你。重点是,无论你怎么样,他都不会取笑你。

Bocmotion 曾经和我在一个城市,后来就彼此都换了几个城市,但并没有长时间地失联过。走出校园,在社会上前行,得意与失意,热络与失联,都不要紧。重点是多年以后你们再次相见,还是不是原来的模样。

在电子邮件刚开始盛行的时候，我和 Bocmotion 经常通过电子邮件沟通，那是青春岁月里最大的精神慰藉。我是个挺念旧的人，所以当年朋友们通过电子邮件写给我的信，我全都复制好做成 word 文档保存了下来，其中最多的，就是 Bocmotion 的邮件。

无关乎爱情，就是最晶莹纯粹的友谊；不计较文采文法，仅是最自然的真情流露。我太珍惜这些信，在我记忆力尚未丧失之前，我都会记得它们。不为别的，只是觉得未来的日子里，再也不会有人给我写这样的信了。

第一封信：

发件人：bocmotion

发件日期：2004 年 2 月 6 日 上午 2:16:41

收件人：ligangshiwo

标题：十五烟花亮满天

小方：

我已经记不清这是第几个节日一个人过了，有时候我都有点回避了，只要过节我就躲起来。渐渐习惯了看别人过节了，看到别人开心我很欣慰，谈不上开心，这对我来说永远是很奢侈的事情。

今年的十五很有味道，虽然还是我一个人，也没什么好吃的，好玩的，但是我住的地方有点特别：楼层比较高，而且是深藏在楼体的最深处，很安静。更值得高兴的是有一个特别大的窗子，眼前是广阔的低矮的楼群，所有的烟花升上天空我都能看得见，我在屋子里特意不开灯，屋子被各色的烟火照得跟舞场似的。

听着别人的欢呼声，烟花的爆炸声，还有音乐，哇！好像这个节日是为我专设的一样。一切都很温馨，也很浪漫。这使我想到了，有时候有些感受是不能勉强别人去感触的。那样只会破坏气氛，破坏心境。所以，虽然我心里真的想和别人分享我的感触，但我还是一个人，拒绝所有的群体聚会，用肚子去感受。或许这就是缺憾造就的美！

有时候独处是很有境界的，自己可以细细感受，并且按照自己别出心裁的方式表演给自己看。也可以画画，把自己所感所想都倾诉到一个自己塑造的形象上，或者做程序，或者做动画。有可能永远没有人能看得懂，或者静静地思考，或者听听音乐。我发觉我会学音乐的，我每次听音乐都有想写东西的冲动，我想如果我会谱曲的话，一定很有味道。也许也是只有我一个人能明白，但是我真的很想尝试，有时候虽然我不怎么会跳舞但是音乐总是会牵动我的肢体，随着它动起来。

哇哦，瞧我把自己的日子安排得多"丰富"啊。我想好了对付疲惫单调生活的方法，那就是走出去，对，就像你说的，走出去。我要在适当的时候，带上自己的"法宝"，去感受这个自己既陌生又熟悉的城市，尽管我也可能和其他生活在这个城市的男人一样要去娶妻子，过日子，顾孩子，拼命捞票子。但是起码我现在没有这样的危机。

我的梦想也绝对不可能是三亩地一头牛老婆孩子热炕头。我永远崇尚时尚，时刻充满激情，每一分钟的精彩，都令我感动，就像这些美丽的烟火，短暂而难忘。保持丰富的自我，要有一口流利的外语，有一身无法替代的技能，同时还要有永远足够浪漫的情怀。就算是到最后不结婚，成为单身贵族的老油条，我也会保持这样的心态，因为，我喜欢，我选择！可能没有人会有足够的耐心去感受这些，那就看我的表演吧！

新的一年里，值得高兴的事情实在是太多了，值得去想，值得去做的事情也太多太多了。我会感动自己，那我就去感动别人。也许他们不怎么欣赏我,没关系,这些美丽的烟花会在它们最需要的时候爆发得最灿烂!

谁说我一个人,谁说我整天闷在屋子里,所有的朋友都会随着我的节奏,动起来。

Let'go! Now!

题外话:之所以选择这封信,是因为关乎"理想"的话题。年轻的时候,同学们喜欢将"理想"和"梦想"之类的字眼儿挂在嘴边,这本是值得自豪的事,自古英雄出少年,人人都怕自己没有抱负。那个时候大家离自己的内心很近。长大后,有人再把"梦想"二字说出来,总是会遭到很多人耻笑的,久而久之,人们也就不说了。我怀念那时候的我们,无所畏惧,追求的是人生的燃烧,而不是平庸的自己,是那么的勇敢。

第二封信:

发件人:bocmotion

收件人:ligangshiwo

发件日期:2004 年 10 月 17 日 下午 7:22:48

标题:生气无益

小方你好:

正所谓:家家有本难念的经,在你对自己失去信心的时候,可曾想到每个人都有过同样的经历?几十年的风风雨雨走过来的夫妻,也会因为一些不值得的事情闹得不欢而散。人生有很多选择,如果你选择了婚姻,那么就从负起责任开始;如果你选择了事业,那么就从负起责任开始；如果你选择了自由主义的生活，那么就从负起责任开始！

我不想骂你，其实也不是在骂你，话说得重而已，但是也只有这样一剂狠药，才能让你好受一点。好言并不好受，只能让你觉得更委屈更伤心，但伤心之后，可能就只剩下为下一次伤心做准备了。我的生活本来已经够乱的了，没什么头绪，我怎么可能给你什么好的建议呢，更何况你也是通古今熟读诗书的人，哪里需要什么人的指点呢，只不过在自己难受的时候需要一些调节罢了！

我也有无聊的时候，突然之间失去生活信心的时候，通常会跑出去，要么通宵达旦在街上徘徊，要么就疯狂地做一件事情，直到自己不再为一些事情困扰为止。看多正常啊……哈哈哈。

有这样一个故事：

古代，有一个妇人特别喜欢为一些小事生气，她也知道自己这样不好，便去求一位高僧谈禅说道开阔心胸。高僧听了她的讲述，一言不发地将她领到一座碑房中落锁而去。妇人气得跳脚大骂，骂了许久，高僧都不理会。妇人开始哀求，高僧仍然置若罔闻，妇人终于沉默了。

高僧来到门外问她："你还生气吗？"妇人说："我只为自己生气，我怎么会到这地方来受这份罪。"

"连自己都不原谅的人怎么能心如止水呢？"高僧拂袖而去。

过了一会儿高僧又问她："还生气吗？"妇人说："不生气了。"

"为什么？"

"气也没有办法呀！"

"你的气并未消逝，还压在心里，爆发后会更厉害。"高僧又离开了。

高僧第三次来到门前时，妇人告诉他："我不生气了，因为不值得气。"

"还知道值不值得,可见心中还有衡量,还是气根。"高僧笑道。

当高僧的身影映着夕阳立在门外时,妇人问高僧:"大师,什么是气?"

高僧将手中茶水倾洒于地,妇人视之良久,顿悟!叩谢而去!

气呢,气就是别人嘴里吐出来而你却接到嘴里的那种东西,你吞下去便会反胃,你不看它时,它便会消散了,其实生气是用别人的错误来惩罚自己的蠢行。

夕阳如金,皓月如银,人生的幸福和快乐尚且享受不尽,哪里还有时间去生气呢?

寒冰不能断流水,枯木也会再逢春。珍惜前程吧!

以上这些话都来自别人的说辞,虽然说有些古板,但却很见真谛。与你共勉!

题外话:那个时候,还没有流行"负能量"这个词,但这封信正是因本人的负能量而起。像这样的"恨铁不成钢"的信件不只这一封,但我觉得这一封很朴素,也很见真理。好的朋友,看见你有了消极的状态就会很生气,恨不得一个巴掌把你打醒。而"能量"是个很容易传染的东西,就像 Bocmotion,其实他那时候也很不顺,可依旧不愿意向他人灌输负能量。安慰这个东西,谁说它真的没用呢?

这只是我与 Bocmotion 众多邮件中的两封,我们有时只字片语,有时长篇大论,讨论学英语,讨论如何对待感情,讨论未来的人生蓝图。直到现在 Bocmotion 和我的谈话都不曾改变,我们没有加入太多被世俗同化的东西。朋友不在空间距离的远近,在于心的距离。

一个像夏天，一个像秋天

　　我并不是特别爱用"闺密"这个词，因为一听就很女人化，而女人之间的情感又太微妙，听起来还有一点说不清的复杂味道。如果用来形容我最爱的朋友，校园气息重一点会说"死党"，保守矜持一些会说"好朋友"，文艺青年一些的话，就会说"知己。"

　　然而，我是真的有闺密的，是真的闺密。就像歌里唱到的"一个像夏天，一个像秋天，却总能把冬天变成了春天"的那种相亲相爱的朋友。

　　因此，我想我不太喜欢把这个词挂在嘴上，大概是因为太爱惜它，怕它被用得泛滥而被亵渎吧？

　　"闺密"，重在"密"而不是"闺"。起码我的这位闺密小张张，和我就不处同"闺"，而且还一下子就拉开了千山万水。她在遥远的挪威，一个随便拿一张相素低的手机都能拍出一张电脑桌面的地方，一个将空气直接装进袋子里就可以高价出售的地方。而我现在定居上海。

　　可曾经我们一定是身处一室的，她是我的大学校友。还好，衡量友谊的标准显然不是距离，也不是时间，否则我们早该在茫茫岁月长河中忘了彼此了。

友谊，应该是指心灵能到达的地方，你在对方的心里能够住多久和走多远的问题。

比如说，我特别羡慕她生活的地方，天上地下都纯天然无污染。可以羡慕，不忌妒，更谈不上恨。要恨就恨自己没有能力飞过去吸几口新鲜空气吧。

这也是我对"闺密"二字最低的要求，既然是好朋友，就是希望彼此真的好，而不是把她当成自己比较的对象。情感最真实的地方，不需要太多甜掉牙的矫情字眼儿。就是朋友受了委屈，自己也会紧张，听到朋友哭，自己也会陪着抹眼泪的那一个。这是最实实在在的分享。

哦对了，我的闺密，我平常都叫她"小张张"。

我和小张张是大学同学，在一起做过很多青春期荷尔蒙发作时必做的疯狂的事，友情也建立在这些离谱的事情之上，只不过谁都没有想到后面的日子里，友谊居然开出花来。

是闺密，自然就有很多相同的爱好。比如说，我们都喜欢看帅哥，喜欢搜罗美食，喜欢故意接触一些看起来高大上的事物来显得自己很有品位；喜欢遐想，喜欢做白日梦，喜欢聚在一起对看不上眼儿的人品头论足，嬉笑怒骂，然后，笑开怀。

我们都是普通人，并没有经历过像电视剧里那么多生离死别、考验人性的大事，所有的记忆还是零零碎碎的，这些支离破碎的片段就如一颗颗漂亮的水晶珠，回忆多了，便串成了最美丽的水晶帘。

花样的年华里，遇到过爱情，更遇到过友情。这些朴实无华的情感成了我们青春回忆里最难能可贵的财富。我知道，随着岁月的增长，纯粹的东西也会越来越少，很多情感再也消失不见了。但我们却愿意保持这份童真，不被世俗同化。

我知道，我和小张张，还有其他的一些朋友，一直在为此做努力。

我们都有梦想，都有一颗不老的心，对生活还是有感觉。尽管在事隔多年后的现在，当第一根白头发悄悄地出现在鬓角，我们眼睛里依旧能散发出光芒。

我和小张张已经相识十五年，人生的五分之一，我相信分子还会不断地增加。我们并不常在一起，各自经历了太多的成长烦恼，时间长得足够每个人都物是人非。身边也有太多的人来了走，走了来，但大多数成了过客。唯独那个最懂你的人，总是一直都在那里。

她有时候不咸不淡，有时候热情如火，有时候满满的正能量，有时候也对未来怀疑。有时候，我们也会觉得彼此有点烦。可不论有什么事情，对方都是第一个知道的。有什么艰难困惑，对方也是最能帮忙的，而且是不需要废话可以直奔主题的那种。

记忆中我们有过几次不开心，矛盾的原因我早全忘了，大概都是些鸡毛蒜皮，或者是当天谁的情绪有问题。吵架的时候自然也没有情侣们那么激烈，可也总会说出一些伤害人的字眼儿。好在我们总是及时补救了，也因此，我们变得越来越坦然。

把爱情的经验挪到友情中来，那就是，信任与坦诚，至少比心存怨念好得多。

所以小张张曾说过："友情一旦认真起来，比谈恋爱还投入呢。"

不知道吵架的时候，彼此在烦对方什么，大家又都在想什么呢？

我只知道每次吵架时比谈恋爱吵架还难受。所以我们的吵架都不会时隔太长，因为我们都会第一时间站出来低头。不是有人说，低头不是认错，低头只是在乎对方的表现么？

情感当中如果太计较，日子真是一天都过不下去。爱情友情亲情，无一例外。

所以，女人的友谊大都是……

"哦，我不该和你发脾气。不过我真的不知道你到底为什么生气，我说错什么了吗？"

"小张张，我今天情绪不好，你也情绪不好，我们静一静吧。别生气啦！"

道歉后，真的能够和好如初，虽然还是有些疑问没有解开。至于心里有没有因某句话而对友情产生影响，我想应该是有的。我无意中的一句话，可能不小心伤害了朋友，自己却全然不知。同样地，自己无意中的一句话，给对方提供了正能量，自己也是不知道的。

把伤害人的话减到最低吧。

小张张说："以前觉得对待自己最亲近的人，比如父母，爱人，都可以任由性子来，乱发脾气。但现在才知道这样是不对的，越是亲近的人越要收敛。我们总是对陌生人很有耐心，但又为什么总是对身边很在乎的人展现自己最不好的一面呢？"

我也曾想过，这是因为把对方当成自己最放心的人，就知道闹点小矛盾后还是打也打不散？还是心中积累的抱怨情绪时不时需要发泄？我想现在最应该记得的，就是"珍惜"二字吧。

我和小张张认识的这十五年里，不仅和她隔着网络万里连线，还和她们全家老小都成了熟识的人，她家的七姑八婶我至少都知道一些轶事。她家的人也全都认识我，我家的人也全部认识她。不知不觉中，我们已经是对方生活的一部分。说起来有点煽情，这段友情持续的时间，真是超过我任何一段的恋情时间。

在我的眼里，我看朋友们的孩子，就觉得谁家的都没他们家的可爱，不知道这是一种什么心态。我曾经不止一次意淫自己如果能当编剧，里面有小孩子的角色一定首选小张张的娃；还有，身边姹紫嫣红的路人里，谁的穿衣品位都没有小张张高，我就是羡慕小张张能把一件两百块钱的衣服穿出奢侈品牌的气质来。

这到底是为什么呢？

我想这就是因为那个说出来就让人觉得煽情的糖分极高的字眼儿吧。

我经常把"闺密"两个字写错，不过后来一想，如果闺蜜的"蜜"字换成了秘密的"密"，其实是完全可以的。闺密不就是知道彼此最多心思的那个人吗？

小张张知道我很多的秘密，就是那种如果她要出卖我，动动嘴皮子就能让我下火海的那种。为了我的后半生能安稳度过，我想这个闺密还是要当一辈子。当然这只是开的玩笑，我想就算真的有一天来个大决裂，我们俩的人格和节操还是足够用的。天长地久我不敢保证，反目成仇一定不会发生。

我长着一双美丽的大脚，放在明清时期连婚配嫁娶都是问题。因为自身这个不可逆的身体条件，我买鞋都成了大问题。这是老天和我开的一个最大的玩笑，一个爱好美鞋之人，却天天只能望鞋兴叹，人生没有比这个更悲惨的了。

有一天我打开鞋柜，发现居然多数的鞋都是小张张帮我买的，都是漂洋过海飞到我身边的。我突然发现我送给她的东西少之又少，且都上不了台面。最多也就是出过一点力气，流了一点汗，帮她骂了几次外人，当了几次她在上海的办事处罢了。

我经常想着她也有需要我帮她买东西的时候，可又希望她最好过得什么都不缺。

小张张，你就认了吧。

小张张是射手座，火象之人，自由积极，执行力强，像热情如火又浪漫的仲夏。

我是双鱼座，水象之人，外柔内刚，期期艾艾，就像美好又有点伤感的晚秋。

人们常说水火不相容，可我们却成了最好的朋友。

就算是真的不那么了解对方，也不妨碍两个人能成为朋友。试想身边的爱人、亲人，又有几个是真的相互了解，又有谁能真的看到彼此隐藏的性格特征呢？

这都成不了问题，想那么多做什么？

无论是爱情还是友情，还是什么情，人和人之间在一起就会有矛盾。我常说，就算是克隆一个一模一样的自己，放在身边和自己相处都会有看对方不顺眼的时候，何况是两个不同的个体。

坊间传说女人多了是非多，女人的友情真的很难，也很微妙。针尖对麦芒在一起是肯定成不了闺蜜的，最多也是伪闺蜜。闺蜜不是天天在你眼前秀恩爱、秀消费、秀她去了什么地方、看了什么书。闺蜜不会满足于你眼里的那种羡慕眼光，不会整天琢磨着做什么都要把你比下去，更不是总端着一大盆冷水常常浇灭你的热情。

闺密从来不会笑话你，她们会在别人笑话你的时候，站在你的身边，说最负责任的话。

闺密就是，她真的希望你好。也许会有羡慕，还有一丝丝的忌妒，但绝对不恨的。

我曾在微博上看到过一个调查，问你有和闺蜜的情谊有几年？我直接勾选了一个"十年以上"的选项，知足极了。当然友情并不是用年来计算的，但时间绝对是衡量友情最直接的一个标准。这么多年经过太多的阶段，公司都换了两三个，认识过数不清的男女老少，能大浪淘沙留下来的，不是金子是什么呢？

我和小张张，还有身边其他的朋友，我们都是有很多缺点的人。性子急，甚至有点暴躁，有时候乐观有时候悲观，有时候坚定有时候又万分沮丧甚至开始怀疑人生。可我们又是最热爱生活的人，我们都深信，只要是好好面对生活的人，未来的颜色就不会太灰暗。

朋友，彼此都是对方的镜子。

我们尊重对方的爱好与隐私，走自己的路，不为对方指路。因为并不是每个人都想去罗马，我们更多的是愿意倾听与陪伴。

我挺幸运有小张张这样的朋友，有她在 QQ 上天天来敲我，这都成了一种习惯。重色轻友还是重友轻色都没有关系，不必在意，因为友情本来就和爱情一样值得珍惜。

十五年不短，走过实属不易；十五年又不长，我们还有很长的路要走。

祝福我的闺密小张张，还有其他的好朋友们。

楼顶上的烧烤聚会

西安交大的附近有很多当地村民盖的民居楼房,数量之多,几乎成了一个大型的社区。房东一间一间地出租房子给附近的学生,为此得到丰厚的收益。民居楼质量不高,冬凉夏暖,只有春秋两季是舒服的。因为租金便宜,适合学生居住,因此家家户户生意都很好。

西安是全国知名的小火炉,一到夏天,这些房间便住不了人。能装起空调的除了房东,就只有周边的网吧和饭店了,租房子的很多年轻人一到晚上纷纷往网吧跑,但每次出来又后悔,那是冰火两重天。

谁想体验免费的桑拿享受,只需往这些空间狭小的房间里钻一个小时,出来衣服就可以拧出半盆水了。当然,这是在穿着衣服的状况下,大多数男生在这个时候是不穿什么衣服的。

唯唯躺在一张单人床上,房门紧闭,窗户半开,整个人被热浪烤得快要失去意识。伸手摸到什么都是烫的,连呼出来的空气都能很快回馈给自己一股热流,就好像不小心误入一个正在蒸包子的大蒸锅,被盖上了锅盖一样，无处逃脱。

因为是躺着，汗水一串串都流到了耳朵里。唯唯抓起枕巾擦干，又继续躺着。简陋的床头柜上有一个筐子，里面的葡萄都烂得流出了水，一些单细胞小虫围着飞，唯唯也顾不上。现在的她就像一个没有灵魂的躯壳，不知冷与热，脏与净，一切都任由它们去。

分手已经一个星期，唯唯还是走不出来。三年的爱情，以那个渣男提出分手而告终。分手时，渣男还列数了唯唯的种种不是，将自己变心的事实推得一干二净。唯唯被他伤得体无完肤。

唯唯发现自己脆弱得连还击的力气都没有，除了哭再没有别的发泄方式，哭够了，便一个人躲在房子里，不再见人。

唯唯认识这居民楼里几乎每一个人，大学生总是人来熟，大家平常都一团和气的。在这些人里面，唯唯有两个最好的异性朋友，汪玺和韩玉成。汪玺是唯唯的同学，韩玉成是上班族，来西安打拼刚刚一年。韩玉成从来不看好唯唯的爱情，得知唯唯分手后，韩玉成的第一个反应是：真的啊？早该分了！

可汪玺不是。汪玺比较胆小谨慎，他不会说那么幸灾乐祸的话，只是小心翼翼地关心着唯唯。

有一天，唯唯蓬头垢面地出了房间，拿个玻璃杯到公共水池子旁边接凉水喝，被汪玺一把夺了过去。

"冷水也敢喝！"汪玺骂她。

"我没热水。"唯唯少气无力的，欲夺回自己的杯子。

"你没有，我有啊。等一下。"汪玺拿着唯唯的杯子去了自己的小房间，不一会儿，端了杯滚烫的开水出来。

唯唯看着那杯开水苦笑，"你不会让我大热天的喝这么热的水吧？"

汪玺没说话，把杯子盖拧紧，放到水龙头底下开始冲着降温。唯唯紧张地说："热水遇冷水，小心杯子裂了的。"汪玺头也不抬地说："少啰唆！你摸摸这水龙头的水，少说也有三十度，怎么可能裂了杯子？"

唯唯只好由他去，站在旁边静静地看着汪玺帮她的杯子降温。两人都不说话，只听见水龙头哗啦啦的声音，就像是这沉默里最好的互动。

唯唯本来是个话多的，最近几天却奄奄一息的像是大病一场。成日在房间里蒸桑拿，出汗出得虚脱，没几天便瘦了一大圈。汪玺扭头看了她一眼，骂了一句："看你这样子，真让人生气！"

唯唯也没好气，又没有力气回击，少气无力地说："我都这样了，你就别骂我了。"

汪玺说："就骂你，不就失个恋么，谁没有失过恋啊？就你现在这鬼样子，是我都和你分手！没出息，人家现在正搂着新欢卿卿我我呢，你在这边黯然神伤顶个屁用？"

唯唯被骂得难过，几乎又要飙泪了，汪玺的一句话把她的眼泪堵了回去，"不许哭啊，别让我看不起你。好了，水好了。"汪玺把水杯递过来，打开盖子，递到唯唯面前，"这个温度正好。"

唯唯拿起水杯"咕咚咕咚"几口就灌完了。喝完后，把杯子再次递给汪玺，"还有吗？"

"真麻烦。"汪玺骂归骂，还是把水杯拿了过去，"以后你的热水我包了。我每天就晾好了给你送过去吧。"

"男女授受不亲。"唯唯坏坏的。

"授你个大头鬼！"汪玺说，"放你门口总行了吧？"

"谢谢了。"唯唯转身要回自己的房间。

"等一下,"汪玺叫住她,"今天晚上楼顶有个烧烤聚会,这楼里几乎所有的人都参加,你也去吧。"

"我不去!"

"我都帮你交过钱了,一人五十块,你不会让我白白浪费五十块钱吧?"汪玺说完笑了,"不好意思啊,先斩后奏了。"

"行,那我就赏个脸吧。"唯唯转身走了。身后传来汪玺叮嘱的声音:"你参加聚会,至少洗把脸成不?"

晚上的楼顶聚会准时开始了,但却没有汪玺说的那么夸张。什么"楼里几乎所有的人",就只有六七个比较熟的朋友而已。唯唯听汪玺的话,洗了把脸,还洗了头发,换了身衣服,总算像个人样了。

大家早就先到了,提前准备好肉菜酒,正在那里搭火准备开烤呢。看见唯唯走过来,大家起哄一般招呼她坐下,便开始东一句西一句地扯淡起来。没有人说唯唯和她男朋友分手的事,所有的人包括汪玺都好像从不曾听说过一样,只有瞎扯。隔壁理工大学的哪个女生很漂亮啦,毕业后该干什么最赚钱啦,同班的谁谁有狐臭却从不爱洗澡啦,诸如此类。

汪玺用一次性杯子帮大家倒好冰镇啤酒,端一杯给了唯唯,说:"来,美女,喝了这杯,给大家唱首歌吧。"

唯唯狠狠地瞪了他一眼,"你叫我来,是让我来卖艺的啊?"

汪玺笑翻了天,"当然,不然叫你上来干吗?你看你这鬼样子,除了卖个艺还能做什么?快,给爷们儿唱一个!"唯唯死活不肯唱,不是她扭捏,是实在不会唱。而且,就以她现在的心情,一唱肯定尽是悲伤音调。

有人笑话汪玺:"一看你就没经验,这还没有喝酒呢,谁会兴奋啊?等三杯下肚,你看唯唯唱不唱?要不这样吧,我们男生一人一个节目,一圈轮完了再让唯唯唱,可以不?"

大家叫好。那么,谁来第一个呢?

汪玺不会唱歌,拿起一瓶啤酒一饮而尽,"我自罚三杯,外加一晚上为大家服务。"

有个人自制好纸牌,上面是《东北人都是活雷锋》的歌词,他把这些纸牌充当字幕,自演自唱自配字幕,逗得大家哈哈大笑。

肉烤好了,香味四溢,浓烟卷着烤香味飘散在楼顶,再随着微风散了出去。面对这诱人的气味,人们开始哄抢,一时间谁也顾不上看什么节目,只顾着眼前香喷喷的烤肉。尽管这样,男生的风度依然在,大家都争先恐后地把手中的第一串烤肉献给了唯唯。唯唯毫不客气,全部抓了过来,狠狠地撕咬着那些肉,就像撕咬那个挨千刀的前男友。

"三天没吃饭了吗?"汪玺讥讽她。

"怎么可能?才两天而已。"

汪玺笑着,把烤好的蔬菜玉米啥的都一一递给她,"那多吃点!"

唯唯大口喝了一杯酒,让汪玺帮她倒上,又一饮而尽,大声说:"好爽!我说汪玺,你是不是以后连我每天的饭也包了?你就答应我吧,你每次去楼下买饭,帮我带一份上来就行。"

"不带!要吃自己买。"汪玺义正词严地拒绝了。

"小气鬼。"

两打啤酒只剩下两瓶了,每个人,包括唯唯都至少喝了三瓶。酒过三巡,大家都横七竖八地躺在了事先搬上楼顶的凉席上,任清风吹着,看着天上为数不多的星星,无比惬意。

唯唯问:"你们最近都在楼顶睡啊?"

众人说:"是啊。这整个楼里,估计也只有你是耐高温材料的了。"

唯唯不好意思地笑了,"我其实也是热的良导体。"

有几个人借着酒意昏昏睡去,汪玺也睡着了,一切都是那么满足。

韩玉成没有睡,找唯唯聊天。"这会儿还想他吗?"

唯唯一愣。这是今天晚上第一次有人问起她的感情之事,她一直以为大家都不会再提这个话题。不过,此刻的唯唯已经不如前几天那么敏感,她认真地告诉韩玉成:"和你们在一起玩的时候不想,刚才你一问,我又想起来了。"

韩玉成说:"我们的烤肉聚会大约四个小时,也就是说,你至少有四个小时没有想起那个人渣。那如果你每天都让自己有事做,你就有更多一些时间想不起他,慢慢地,就根本不会想他了。"

唯唯细细咀嚼韩玉成的话,听懂了,认真地点点头,"我明白的。谢谢你,也谢谢你们。"唯唯看着睡得正香的兄弟们,感慨地说,"你们不愿意看我伤心,一晚上都没有人提我失恋的事,还讲笑话让我开心,我都知道的。所以,谢谢啦。"

"谢我干什么呀?"韩玉成说,"这都是汪玺安排的,聚会的钱也都是他出的。他平常可不是个爱热闹的人,你应该知道的。就是看你成天在房间里快闹出人命了,才想办法让你高兴点。要我说,做朋友做到这份儿上,真比谈恋爱都金贵了。"

那天晚上。唯唯把自己房间的塑料拼图、毛巾被和枕头全部搬到了楼顶上,找了块地方睡下来。夏日的夜晚,徐徐微风,唯唯躺着看天,然后,和其他伙伴一样,带着快乐入睡。

这一夜,她睡得特别香。

谭先生的忘年之交

"钱老板,好久没来了。书店生意还好吗?"谭谊安笑呵呵地进了书店。他是店里的常客,和钱老板已经很熟了,每次来,都会在店里一待一下午,看看书,聊聊天,再帮钱老板搭把手,招呼一下客人。到了晚上,谭谊安负责去外面买点小酒小菜,给钱老板带到店里,客人少的时候,小酌几杯。

"托你的福,生意一直很好。好多客人都是你拉来的呢。"钱老板正在理新来的一批货,雪白的衬衫上已是汗渍斑斑。即使这样,他还是喜欢穿得正式一点,虽然小店里只有他一个人,既当老板又是员工,他却把自己当上班族来对待。钱老板开玩笑地说:"我干着的好歹也是属于文化产业,得注意形象嘛,呵呵。"

谭谊安知道他很讲究。书店后面有个小小的休息室,那里放着钱老板的挂烫机,他连背心都熨得平平整整。他以前就是搞图书发行的,自己也爱看书，算个文化人。谭谊安觉得钱老板选择开书店最合适不过的。

谭谊安看着钱老板正在忙，赶紧放下背包过去帮忙。货很多，谭谊安一边整理一边看新到了哪些书。钱老板指着一些书说："有几本好的，一会儿都送你。"

把货都整理完，钱老板让谭谊安看着，去后面洗脸换衣服去了。谭谊安静静地坐在那里，环顾着书店，他喜欢这里，百看不厌。

书店并不大，四十平方米的地方被分成三个区域：出售书区、租书区和老书区。出售的书籍都是正版，非法的事儿钱老板不干。他说就正版的书籍质量都不一定好呢，何况是盗版。再说书是很神圣的东西，盗版那玩意儿太亵渎神圣。还有，钱老板自嘲地说，他胆子小。

出租书区域比较小，那种破损的、翻旧的书都用来出租。租书店近年来已经很少见，钱老板却保留了下来，还在城内小有名气，附近的客人都知道钱老板的租书店。书的种类雅俗共赏，还保留着多年前盛行的武侠和台湾迷你言情小说，租借价格便宜，扔下俩零钱就可以抱走一堆书。押金都不要，全靠诚信。

谭谊安不解，问钱老板怎么不要押金。钱老板说："我忘了是谁说过的了，反正就是个大师吧。他说啊，偷书的人是爱书的，偷就偷去吧；偷书还不被人发现，说明身手好，这样的人，如果能真的从书中学到道理，肯定也是个人才。另外把书完好送回来的是有诚信的。这两种人都了不起。只要偷书的人能从书中学会反省，别偷别的东西去，就当是把书送给他了。"

谭谊安对钱老板肃然起敬。

钱老板有很多古书，都是花钱从各地收来的，当然也受过骗。有段时间搞情怀，全社会回忆小人书，市场上便出现了大批新印刷的小人书。钱老板的旧书是真的旧书，人们经常慕名而来让他帮着找什么什么书，钱老板总是谦虚地说："不一定能找到，尽力吧！"

谭谊安和钱老板因书结缘，已经有五年了。谭谊安一个人在这个城市生活，父母和兄弟姐妹在老家安居乐业。他一直单身着，又是个书呆子没啥娱乐活动，只要一有空，就来钱老板的店来搜书。

两人从来不谈什么友情，也不说谁是谁的好兄弟。钱老板说，不要轻易地对人说伤害的话，也不要轻易说感动的话，让人感动了就意味着要有承诺。谭谊安平时不善言辞，唯有在钱老板这里话很多，在他的心目中，钱老板的人生经验丰富，就好像把他店里的书全部刻在脑子里一样，深刻一年更胜一年。

秋冬季节，钱老板在店里时会穿一件短款风衣，再系一个暗色的围巾，戴上一顶浅檐帽。没有客人的时候，他静坐在那里，背景是深木色的书墙，画面中的他俨然一个旧上海滩的老绅士。

谭谊安来了，会帮钱老板干活，招呼客人，业务娴熟得就像是钱老板的员工。钱老板会趁此机会去出门办点自己的事，把店都留给谭谊安。抽屉里有钱老板的现金，数目不小，钱老板从来不会把钱收走后再出门，谭谊安一来，他收拾一下就走了。抽屉里的钱，从没有少过一分。

谭谊安没有因为两人的熟识而要求钱老板给他便宜点，每次买书、租书都按正常的价格买。钱老板有时候会给他留一些好书，谭谊安不白要，总会偷偷地把钱放到钱老板的抽屉里。

谭谊安是个摄影师，出过书，微博的粉丝十几万。微博的内容，除了摄影作品就是钱老板的书店。钱老板的书店从小有名气到名声在外、人们慕名而来，有谭谊安的一份功劳。谭谊安从没有去找钱老板邀功请赏，只是店里有很多客人说起，钱老板才知道了原委。

再见谭谊安，钱老板送了他一个礼物：自己珍藏了多年的古董相机，价格不菲。

谭谊安有段时间没来了，看到这个书店非常亲切。不一会儿，钱老板换了一身衣服出来，又是一个谦谦君子了。钱老板问："小谭，好久不见你了，最近很忙？"

谭谊安点点头。

"刚才你帮我干活的时候，看你心事重重的样子，还叹了两声气，怎么，有事？"

谭谊安笑着摇摇头，"没事。就是最近有点累。"

"没事，那就好。有事你说话啊！"钱老板拍拍谭谊安的肩膀。

谭谊安其实有事。他的弟弟得了尿毒症，他回老家时间太长，工作也被迫辞掉了。尿毒症治疗费用是个天文数字，谭谊安已经将自己的全部积蓄给了弟弟，只留了一点生活费。还有，他把钱老板送给他的那只古董相机偷偷典当了。他不敢告诉钱老板，尽管他知道对方就算知道了，以钱老板那一切淡泊的性子，只会说一句"没关系，送给你就是你的了"这样的话，但他还是觉得无颜面对他。

他好久没来了，三个月，似乎不长，但对他来说如隔三秋。

谭谊安和钱老板是君子之交，不谈功利，不谈名，不谈金钱，不谈回报，就是单纯的友谊的最原始状态，灵魂间的惺惺相惜。友谊是人类最特殊的情感，亲情有血缘关系，爱情有缔结关系，友情仅凭情。所以谭谊安没法向钱老板说自己现在的处境，他很珍惜这段关系。

钱老板找出几本书给了谭谊安，"小谭，这些书是我托朋友从台湾带回来的，你应该喜欢。"

谭谊安拿过来，只看了几眼封面，便肯定地点点头，"嗯，这正是我要找的那几本，大爱啊！不过，我过几天再过来拿，你先帮我留着。"说完把书还给钱老板。

"送给你的。"钱老板把书放在面前的小桌上，说："晚上走的时候记得带上。"

下午，谭谊安在店里，钱老板出去了。钱老板过了好长时间才回来，手里拎着两瓶红酒和一些打包的食物，一进店门，看到店里客人不少，放下手中的食物，先和谭谊安一起招呼客人。

"下午生意不错嘛。"钱老板笑呵呵的，"小谭可辛苦了。"

"你的书卖得比网上的都便宜，不来买是傻子，哈哈哈！"

那天客人特别多，一直到十点关门时间，人才少了一些。钱老板买回来的美食就放在那里渐渐变凉，等到两人都饿得撑不住了，钱老板终于走到剩下的那两个年轻人面前，说："两位，小店要打烊了，不好意思……要不，你们也过来和我们一起吃点？"

两个年轻人摆手说不用不用，挑了两本书很快地走了。

关了门，打开红酒，就着凉掉的美味，两人举杯畅饮。谭谊安不胜酒力，度数不高的红酒喝一杯也就晕乎了，酒不醉人人自醉，心里有事，醉上加醉了。

谭谊安说："钱老板，这段时间，我真的看尽人情冷暖。"

钱老板笑着，"是看尽了'冷'，没有看到'暖'吧？"

谭谊安说："对，是'冷'！人性真不能去考验，平日里很热络的亲戚朋友，忽然间就鸟兽散了。连亲情都……我父母总觉得我对他们有所隐瞒，他们认定我没有对我弟弟的病全力以赴，可真实的情况是，我连家里的电视机都卖了。钱老板我对不起你，你送我的相机我也当了，不过我会很快赎回来的。对不起，对不起，对不起。"

谭谊安泪崩，痛哭流涕。

钱老板是个活得通透的人，他酒量比谭谊安好许多，看着谭谊安伤恨交加的样子，平静地说："是不是你平时在父母面前总是说自己的工作多么多么好？"

谭谊安点点头。

钱老板说："这难怪了。年轻人喜欢对父母报喜不报忧。可事情总是有双面性的，他们就会认为你在外面赚了很多钱，你给的比预期的少了，再赶上家里有事，他们自然会失望。"

谭谊安疑惑地问："你怎么知道我家里有事？"

钱老板笑了，"我们中年人也会玩微博的嘛！还有你刚才不是说了你弟有事了吗？下午给你几本喜欢的书，你还说下次再来拿，我就知道你肯定没有钱。"说完，钱老板拿出一张银行卡，递给谭谊安，"这张卡里有二十万，不知道是不是对你有用。一个大好的青年，怎么可以遇到点挫折就说世界上只有'冷'呢？你还想从此就怀疑这个世界了啊？密码是123456，记住了啊。行了，别哀伤了，还有半瓶红酒呢，别浪费了。"

谭谊安不信眼前的事，红着眼睛问钱老板："钱老板，如果我还不上这个钱呢？或是我不认账，带着钱跑了呢？你不怕我骗了你吗？你就从来没有想过，我很有可能是自编自导自演了一个故事，就等着你上钩呢？"

钱老板喝了一口酒，笑着说："我输得起，我也不会看错人。"

两行男儿泪滚烫而下，谭谊安掩面痛哭，像个孩子一样。

钱老板烦了，"哭什么啊？你这几年帮我干活，帮我做广告，我还没给你算过工钱呢。这么算下来，二十万算是少的了。行了行了，大男人哭算怎么回事？"

谭谊安酒劲一直没退去，他已止不住他的眼泪。

谭谊安把钱老板的钱都还上时，已经是三年后了。还是那张银行卡，谭谊安每有一点钱就往里存一点，存到二十五万的时候，他把卡还给了钱老板。

钱老板接过卡时的第一句话，就是："小谭，你小子没往里面多存钱吧？"

谭谊安越发觉得什么都瞒不过钱老板，只好承认："一点利息。"

钱老板哈哈笑着，接过银行卡，说："那我就不客气了。"他把卡放进钱包里，转身对谭谊安说："小谭，我也有礼物送给你。"

两个大大的纸盒，里面各放着一台相机。其中一台，就是谭谊安送到当铺去的那一台古董机。因为谭谊安当时用钱太紧，没有能力及时去赎，那台相机最后成了死当品，他再回去找时已经找不到。原来，是被钱老板买走了。

钱老板说："还好，买回来时也不贵，能二次碰到它算是有缘分吧。还有这一台，是新的，你一个摄影师怎么可以没个好相机？这两个，正好五万。"

聪明的钱老板。

善良的钱老板。

谭谊安说：他这辈子只有一个偶像，就是钱老板。

还是让我做你的朋友

何臣刚刚离了婚,正过着与苍蝇蟑螂同居的日子。老婆走了,何臣两个月都没有收拾过房间,窗户也不开,推开门,一阵酸臭扑鼻而来。小爵不禁皱了皱眉头。

小爵用脚踢开几件扔在地上的衣服,腾开一块空地,把两大袋子的食物饮料放在地上,从其中的一个袋子里拿出给何臣买的米饭炒菜,递给了他。

"懒到家了。外卖都懒得叫。"

何臣接过两个饭盒,面无表情,"谢了。"随后从小爵拿来的袋子里找了一罐啤酒,放在茶几上,开吃。

小爵四下扫了一圈,发现光茶几上就有好几个吃外卖剩下的空饭盒,里面的残余食物早已变馊,上空还盘旋着一群不知名的单细胞小生物,看着胃里直犯呕。小爵摇摇头,说:"男人真的离不开女人。"

何臣听到这句话，抬眼木木地看着她。

小爵把带来的食物整整齐齐地摆放在冰箱里，用湿纸巾把冰箱里面擦拭一新，去了臭味。然后把空出来的两个大袋子当垃圾袋，开始给何臣收拾东西。说是收拾，其实就是扔，屋里要扔的东西太多，每拿起一件小爵都故意不细看，怕看得吐了。

"别收拾。"何臣制止了她，"我喜欢这样。"

"你就是不想回归现实，对吧？在这样恶心的环境中可以整天催眠自己，让自己觉得还是个受害者，是吧？"

何臣苦苦地笑着，"你要是真想帮我，不如我们上床吧。"说完，用毫无生机的眼神看着小爵。

好一张苍白清瘦的脸。小爵看着很疼。

小爵没理他，继续把垃圾一件件丢到口袋里。何臣不死心，说："你不是一直很喜欢我吗？"

小爵说："可我不想和一只僵尸上床。"

最后，小爵提了整整四袋垃圾下楼。出门前，小爵看了看何臣的家，说："这么漂亮的房子还是别浪费了，你要是真的生理寂寞，我帮你叫几个愿意为这大房子献身的来。"小爵摔门而去。

何臣和他的前妻苏蕾都是小爵的朋友，小爵认识他们夫妻俩缘于朋友的介绍。后来那个朋友远离了这个圈子了，小爵和他们的友情却持续了下来。何臣和苏蕾恋爱、吵架、分手、和好、结婚，小爵几乎全程见证。小爵一直没有男朋友，她初来上海时的唯一圈子就是何臣和苏蕾。

小爵很聪明，她与何臣两口子交往的最大秘诀就是无止境地自嘲，给了苏蕾无比大的面子。她也是女人，知道女人对女人都十分敏感，是好朋友也不行。所以，这么几年下来，苏蕾不知道打退了多少何臣身边的可疑女子，唯独对小爵从不怀疑。

这让小爵也多少有点伤心。作为女人，另外一个女人从不羡慕忌妒恨你，想想总是失败的。难道苏蕾和她做朋友的唯一原因，仅仅是因为，自己对苏蕾完全造不成威胁么？

何臣和小爵，都是聪明人。他们知道这社会正流行"闺密不可信任"的故事，所以从来不轻易靠近。在苏蕾面前，两人是哥们儿，有说不完的话题；苏蕾不在时，他们也不会私下联系。

苏蕾也有过多疑的时候，因为每每见到何臣和小爵聊得很开心，总觉得他们之间似有更多共同话题。苏蕾曾旁敲侧击地问小爵："觉得何臣怎么样？"

小爵说："你们的感情让我很羡慕，如果将来我男朋友也对我这么好，我就知足了。"

不知道是不是中了那条千古不变的规律，三个人相处得久了，小爵真的喜欢上了何臣。小爵发现自己有了这个苗头的时候，心里特别慌，她觉得这只是一时的感情冲动，毕竟自己很久没有谈恋爱了，是心灵空虚造成的。那段时间小爵减少了和何臣、苏蕾聚餐的次数，每次见了何臣，也总是极度不自然。

小爵受不了自己内心的挣扎，干脆就不和何臣他们联系了。

苏蕾发现小爵这段时间无故消失，很是奇怪。每个周末吃大餐时，苏蕾还是习惯性地问小爵有没有空，小爵都找借口推脱了。小爵演技很差，她怕自己一不小心在两人面前暴露出自己的小心思。而且，那小心思还是她不敢确定的。

但小爵和何臣，还是知道了彼此的心思。

何臣去深圳出差，没想到小爵也正在那里，在参加一个展会。那是何臣第一次单独请小爵吃饭，很熟的两个人见了面居然有点不好意思。谈话有一搭没一搭的。

"小爵，好久不见，换发型了？"何臣一眼发现了小爵的变化。

小爵用手拨拨头发，说："嗯。"

"我和苏蕾要结婚了。"何臣首先说了这个消息。

"恭喜你们。"小爵淡淡地说。脸上虽挂着笑，但说得却毫无感情，她实在演不出来欢乐。

"你不开心吗？"何臣看透了小爵的心思，一句话问得小爵心惊胆战。

"不不，我只是感慨。你们都要结婚了，我还一直没有男朋友，我的进度为什么总是这么慢呢？"

"男朋友会有的。"何臣安慰他。

不知道那天是不是何臣故意喝的酒，小爵不想喝，何臣就自己要了一瓶红酒，那瓶红酒的 90% 都是他喝的。红酒度数并不高，但足以让人迷离。何臣看着小爵，弯着眼睛温柔地笑了。男人何其精明，又何其暧昧，他能看透小爵的内心。

"小爵，以后还是来找我们玩吧。这样我们时不时还能见个面。"

小爵鼓起勇气看着何臣，何臣也看着她，四目相对，两人却说不出一句话。小爵有些动容，心里五味杂陈。她无法承受这样的气氛，躲闪着他的眼神，说："我去趟洗手间。"

那是记忆中，小爵和何臣第一次单独碰面。他们心有灵犀地谁也没有和苏蕾说起，仿佛这件事情从未发生过。女人是敏感的，苏蕾一次假装无意中提起，说何臣有一次去深圳，正好小爵也在那里，怎么也不一起出去吃顿饭啊？

小爵很心虚，撒谎说："我去参加展会，从早到晚都是站着，晚上腿都要炸了，晚上还要见客户，哪有体力去其他活动啊！"

苏蕾笑呵呵地说："你们两个啊，真是奔波的命！"

知道何臣和苏蕾离婚的消息时，小爵心里"腾"一下。自从那次在深圳和何臣吃了一顿暧昧的饭，她总是有作奸犯科的感觉，总觉得对不起苏蕾。原本什么也没做，但因心里有鬼，整日抱着做贼的感觉入睡。

"为什么？你们那么好的感情，怎么说离就离了？"小爵给苏蕾打电话。以往三个人的约会，小爵也总是先和苏蕾联系，为了避嫌。这次离婚也一样，小爵首先想到给苏蕾打电话问个清楚。

"小爵，"苏蕾停顿了一下，小爵心里就有点慌，苏蕾接下来的话才让小爵安心了，"小爵，是我喜欢上别人了，无法收拾了。"

"为什么？"小爵只知道问这一句话。

"事情很复杂，我没法和你一下说清楚，总之，我们不能在一起了，我以后慢慢给你说吧。"苏蕾说两句就挂了，她已经因为离婚的事心力交瘁了。

小爵心头一团糟。

小爵第二次单独和何臣见面，是在何臣和苏蕾离婚的两个月后。那天早上，何臣打电话给小爵，说让她去他的家，顺便多买点吃的。于是就有了本篇开头的那一幕。何臣的话让小爵想逃，又似有魔力般地想留下来，不过最终，理智战胜情感，她还是努力地逃出了他那个腐朽的房间。

过了两天，何臣给小爵发了一条短信：对不起。

原本不该开始的感情，只有一粒种子，没有发芽，没有开花和结果。小爵知道何臣和苏蕾离婚的原因并不是她，可她还是无法接受与闺密的前夫再续前缘。或许，连小爵自己都不知道，她和何臣的那一点点暧昧，究竟算不算爱情？

事情很快就有了答案。一年后，再见到何臣。那是他们第三次单独的见面。何臣看起来终于走出阴霾，打扮得清清爽爽的。和小爵去吃饭，绅士地为她拿包，搬椅子。

小爵想起以前的三人聚会时，自己吃着觉得很辣的面，何臣二话不说就端走吃了，是那么自然，倒是吓得小爵紧张不已。现在，何臣还是和以前一样，自自然然地为她拿包，很自然。

何臣很坦白地问她："小爵，我们一辈子只能做朋友了是吗？"

小爵点点头，轻轻地，又是坚定的。

"我们，还能像以前一样常见面吗？"何臣问。

"可以啊！"小爵笑了，"以前你和苏蕾在一起，我们总是三人聚会，谢谢你们让我当了几年的大灯泡。有些话我也想说给你听，现在也没什么可遮掩的了，喜欢一个人又不犯法。我喜欢过你，每次的三人聚会，我都为又能见你一面而开心。这是不是爱情我也不知道，我知道的是这种感情不能让它发展下去。现在，你走出来了，我也走出来了，可我对你的感觉和普通朋友还是有所不同，当然，也不可能相同了。但这不代表我们之间要开始一段爱情。"

何臣认真地听着，说："我懂，我懂。我的感觉，和你对我的感觉是一样的。"

小爵接着说："我觉得我们就这样偶尔地见一次面，挺好的，我希望一辈子都这样。"

何臣笑笑，也感慨地说："当了老婆，又离了婚，就很难再见面了。这样看来，当朋友就挺好，当好了就是一辈子。还是让我当你的朋友吧。偶尔见一次面，各自幸福，这是最好了。"

小爵说："我们当然是好朋友。"

朋友式合伙人

王劲坤来的时候，湛蓝的天，层层叠叠的白云，灿烂得耀眼，就像天空为人们展现的腹肌。

王劲坤走的时候，黑云压城城欲摧，暴风雨来临前的前兆，正好比他此刻的心情。

刚刚和好兄弟章理吵了一架，两个人怒红了脸，圆睁着眼，恨得对方牙痒痒。曾经在英国一起度过的那几年兄弟情谊刹那间不复存在，多年的感情，破裂于一次不信任。

人一吵架，会把平日里压在心头的不满全部说出来，效果好一点的，叫有效沟通，吵过之后卸去彼此心防，更添一层了解与信任；效果不好的，就只能是撕破脸了。王劲坤和章理属于后一种。

"王劲坤，你就是个小人！"

"章理，你别把自己说的那么伟大。你敢说，在我们合作上你没有对我有所保留？"

"那是因为我不信任你，我记得你在英国做过的一些龌龊事，我不敢把一切都交给你。王劲坤你太现实了，这么多年在国外的熏陶你还是一点没变，你就是个利益小人。"

"好，那我们从今天起，绝交！"

"绝交就绝交！"章理怒气冲天，恶狠狠地说。说完一把把王劲坤推出了门。

坐在了自己的车里，王劲坤狠狠地骂一句脏话。

出国四年，回国两年，两人的友谊已经持续六年，可今天一切都玩完了，感情是真脆弱啊，王劲坤想，什么友情，就像个玻璃杯子，还是个质量很差的玻璃杯子，一摔就再也没办法修复了。

早知道当初就不说合作了，砸锅卖铁，自己一个人做不就得了。

发泄完怒气，王劲坤才感到心被抽空了一般，那是强大的失落感。昨天还和章理研究他们的西餐厅该不该上点甜品呢，今天就闹崩了。闹崩的原因，是章理发现王劲坤背着他在网上卖一种廉价的牛排，而那个牛排的货源，是章理先发现并告诉他的。章理把王劲坤找来理论，王劲坤坚持说，他只是想试试水，网上每天的销售额都是骗不了人的，会和章理对半分。章理质问："如果我没有发现，你还会说今天的这番话吗？"

于是两人便开始了激烈的争吵。

王劲坤责怪章理在英国学的做西餐的课程那么丰富，但却自己保留了几个最重要的菜式，这是不相信自己的表现；章理解释说那是因为那几个菜式他掌握的不成熟,不敢轻易上菜单。你来我往,两人撂了很多狠话。

既然是合作,为什么谁都不愿意把每次决定都告诉对方呢?真的那么难沟通吗?

王劲坤想的是:接下来该怎么办?散伙?这看来是唯一的解决办法了。朋友是没得做了,再谈合作纯粹不可能,光是见面都尴尬的。他有点后悔自己没能和章理好好说话,起码,好好说话还有缓和的余地。

王劲坤重重地拍了一下方向盘,气急败坏。

王劲坤开车回到了他们的西餐店里,直接坐进吧台里,发呆。不是吃饭时间,店里只有一桌客人,可服务员看他脸色不好,不想惹他,纷纷去忙着做事了。西餐厅面积不大,分上下两层,上面是玻璃阳光房,种了好多的藤蔓。餐厅虽然不大,却请了一个地道的英国大厨主理,章理协助料理,口味正宗。餐厅附近有几栋高级写字楼,欧美人很多,一到午餐时间生意都很好。

地段太黄金,小小的一间餐厅花掉了王劲坤和章理所有的积蓄。两人对创业本是志同道合,都推掉过高薪的工作邀约,这两年把全部的心力都花在这个餐厅上,现在总算赚回了当初的投资,开始赚钱了。两人却在这个节骨眼儿上闹起了内讧。

怪不得人们说:朋友之间千万不要合作生意。

王劲坤一整天都心情不好,在店里转了一圈,交代服务员几句就回去了。

章理也一样开心不起来。两人散伙,餐厅就很难开得下去了,钱不是大问题，重点是，由谁来继续接手餐厅呢？谁会相让？谁都不会相让。章理比王劲坤做事更稳妥些，他知道，事情终究需要两人来解决。

章理承认，他没有将自己的全部所学都奉献给餐厅，他为自己留了一些，以防将来两人合作不下去时，自己就算新开一家餐厅，也总有一些竞争的法宝。王劲坤不懂烹饪，他只懂生意。

虽然也曾料到合作之路不顺畅，但没想到这么快。章理前段时间联系到一家可靠的牛肉供应厂家，价格低廉，他为了餐厅的品质保证，一直在犹豫着要不要从那个厂家进货，迟迟定不下来。他当时还和王劲坤商量过，餐厅刚有了好口碑，我们不要亲手砸了自己的招牌，还是要进更优质的牛肉，王劲坤当时也同意了。可没想到他居然偷偷联系厂家，在网上卖起了速冻牛排。

这是一个好点子，王劲坤不愧是做生意的一把好手。可是，为什么不告诉他章理？

章理越想越气，索性把手机关了，蒙头大睡。他现在不想见王劲坤，恨他不守信用自行决定。这是被他发现的，背后还不知道有多少事是他不知道的呢。睡！

可是章理睡不着。他心烦意乱。

慢慢地，两人都冷静了一些，接下来的几天倒也没有再发生争执。只是逃避解决不了问题。两人终于还是面对面了。

王劲坤首先开口："说吧，你有什么打算？"

章理平静地说："我的打算就是好好把这家餐厅经营好。"

王劲坤主动承认错误："我在网上卖牛排这事是我不对，但我不是故意的。我想把这个作为餐厅的第二产业，招两个客服帮咱们做，资产可纳入餐厅名下。"

章理没说话，他希望王劲坤能趁此机会多说出一些他不知道的事来。但王劲坤猴精猴精的，啥也没有说，或许也没有其他的了，章理也不知道。他们几乎天天都在餐厅，他不相信王劲坤还有精力做别的。

王劲坤问："老章，你说我们还能继续合作吗？"

章理笑了一下，只是笑得难看，"如果总是这样彼此不信任，合作下去有点难，散伙是迟早的事。这些事我们以前也想到过，有了矛盾的时候，我们要分清哪个是可调节的，哪个是不可调节的，有大事也有小事，我们要分清主次。人和人的信任很难，但既然要合伙了，就必须要彼此信任。"

王劲坤听了，叹了一口气，说："哎，我现在好想念以前在英国的日子。"

章理说："那时，我一直都让着你。"

王劲坤急了："你怎么让着我了？我还不了解你吗？装儒雅，装英国老绅士，其实一肚子鬼心眼儿。你能让着我，笑话！你怎么知道我没让着你？"

章理说："你这是又要吵架吗？不是说好今天要好好谈一谈的吗？"

王劲坤气呼呼的，"没想跟你吵。"

章理说："你就是这个烂德行！想甩人家一个姑娘吧，好好说不就行了，非要编了一个什么烂理由！我都替你害臊，就你这人品，有人跟你合作做生意不错了。你就珍惜吧你！"

王劲坤突然哈哈大笑，"你刚才和我说话的样子，让我又一次想到了英国。你天天就是这样，看我啥都不顺眼，天天像个老夫子一样说教我。老章，要说你才三十八岁，怎么感觉像个老年人呢？"

章理说："别岔开话题，你就说，我们以后还合作不合作？如果合作，你能不能改掉你那些油头滑脑的臭毛病？如果再被我发现背着我做些什么事，咱俩彻底玩完！"

王劲坤不屑地说："就喜欢责任往我身上推，我就看不惯你那个事事都对的样子。行了，不和你扯了，我得走了。"说着起身往外走。

章理问："去哪儿？"

"去店里啊！今天一大堆事情呢。你到底去不去？"

章理迅速跟他往外走，"当然去啊。要不你搞什么猫腻我都不知道，我以后事事都要盯着你。走吧。"

王劲坤死皮赖脸地笑着，说："就知道你肯定没法和我绝交！"

云开了，太阳出来了，王劲坤的心情舒畅了许多。

两人心里其实都很清楚，表面的和好，并不意味着前嫌尽释，那只是二人衡量轻重后得出来的一个结果。有第一次就有第二次，以后这样的争吵还会有，但不管怎样，只要其中一个没有被利益冲昏头脑，还念着他们之间的情谊，合作就还能做下去。

且行且珍惜吧。

你如此无可救药，我如此爱你

张骞曾做过一件在他的前公司和朋友圈引起轰动的小事。

张骞进了A公司销售部，还在试用期。顺便说一下，A公司的试用期员工转正率高达98%，也就是说，只要你不是个傻子，试用期没出现过经济问题等大错误，人品不算极品，是都可以过关的。

张骞在试用期的第一个月平安度过，原因是第一个月仅仅是培训和学习，还没有进入实战阶段。第二个月开始，各分部门经理开始带领新人去见客户，顺便将新人推出去。主管张骞的秦经理觉得张骞挺灵活的，很看好他，于是满怀期望地把他带了出去。第一次见的，还是一个顶重要的客户。

拜访客户免不了请客吃饭。八个人要了一个硕大的包间，可见秦经理对那位客户的重视。餐桌上，另外的七个人全围着那位客户转，他是饭桌上绝对的主角。客户对秦经理的招待以及大伙的集体讨好非常满意，笑得满面春风的。

快要结束的时候，客户去了趟洗手间。趁此机会，秦经理提醒张骞说："小张，你也表现一下，就问问客人，还需不需要再点些菜，或是还想喝点什么。你不能光顾着吃啊，你将来是要做销售的，这种基本的公关礼仪你必须得学会。"

张骞正喝着一碗人参鹿茸鸡汤，听了秦经理的吩咐，赶紧把碗底最后一口汤吞了，接着用纸巾抹了抹嘴，对秦经理说："知道了，放心吧，秦经理，我知道该怎么做。"

客户回来了，张骞非常自然地问客户："张总，你看今天的饭菜还满意不？"

"很好，很好，你们费心了啊。"张总说着客套话。

张骞接着问："那张总，你看还需要再点点儿啥吗？或者让服务员把这些饭菜撤走，再喝点东西？"

秦经理冲着张骞点点头，很满意他的这一番说辞。

张总当然明白这只是客套，就是饭局即将结束的意思。张总笑呵呵地摆摆手，说："不用啦，不用啦，已经很饱了，那我们今天就先这样？"

一场完美的饭局，本来已画上了圆满的句号，不料被张骞一句话给搅黄了。当张总说了"谢谢啊"的时候，张骞笑呵呵地，朝着服务员喊了一句……

"服务员，给我再加碗米饭！"

秦经理的脸瞬间变成了狗屎绿。

张骞就这样卷着铺盖滚出了 A 公司的大门。这件事被在场的所有人传扬开来，一时圈内无人不知无人不晓。张骞就这样歪打正着地往自己的生命里写了一段传奇。

张骞的第二份工作也是这么弄吹的。B公司，还是销售部，还是试用期，还是领导交给他的一件小事。

有个客户急着要一个文件，领导说："小张，把这个合同给客户送过去。今天可以打一次车，记得把发票拿上就行。"这是一家很小的民营企业，出租车票一般不报销，因为事情紧急领导才特批的。

张骞领命，去送文件了。但是最后仍然误了事。原因是，他没有及时送到，客户要赶飞机，已经先走了。领导对张骞破口大骂："不是高峰期，你打车去还能误了时间？那客户就在市区等着你，这路有那么远吗？"

"啊？"张骞疑惑地看着领导，"我是坐着公交车去的，回来的时候打的车。"

领导张大嘴，半天没有反应过来。千挑万选，五关六将，还是招回来一个这么"智障"的。于是张骞又一次卷着铺盖滚出了B公司的大门。这是张骞生命里无数传奇故事当中的又一件小事。

为此，张骞总是骂骂咧咧，说领导们交代问题，总是不说得清楚一点，害得他总是误会。

张骞是我的朋友，是我唯一一位就算牵着手走在大街上，被熟人看到了都不会引起误会的异性朋友。在大家的心目中，张骞就是徒有一个好名字的、不正常的存在，谁和他在一起久了，都会被他的缺心眼儿给吓跑。

可我和张骞的友谊已经持续了七年，我从没有想过要逃跑。

我为张骞收拾过无数的残局，是他捅娄子后善后的第一人。有一次我们吃饭时，我带了一个女孩子给他认识。张骞很喜欢那个女孩，席间总是找人家说话，当然，所找的话题总是让人不忍直视，好在无伤大雅，有惊无险。还是在结束的时候，张骞向人家表达了自己的喜爱，他对我朋友说："你是我见过胖女孩里最好看的！"

我朋友事后说，她特别后悔给了张骞自己的电话号码和微信号。

可是，张骞人却很正直，很义气，你很难想象现代社会里还真有像他一样热血的人。就比如说这两年全社会都在谈论的扶不扶摔倒的老太太的问题，张骞就有话说。比起在网络上只知道义愤填膺地攻击这种不文明现象，却从来做不到的人来说，张骞就是"废话少说，就看行动"的典型代表。

在地铁上，一个戴眼镜的中年男人突然"啪"一声摔倒在地，旁边站着的人吓得一下子全部闪开，然后眼睁睁地看着这个男人一动不动。

张骞二话不说，把斜挎包往身上一甩，就去扶了。我在一旁提醒他："你小心点，万一是心脏病什么的，你直接扶起来不是要人命吗？先看看他怎么样了。"

张骞煞有介事地凑近那个男人的脸，学电视剧里的模样，用手指试探了那人的鼻息，然后站起来骂道："靠！电视剧都是骗人的，能探出来个屁啊！"接着，张骞便直接把那人扶了起来。中年男人有点胖，张骞被压得脚都站不稳，不过还好撑住了。他扯着嗓子对着车厢喊："有医生吗？有学医的吗？"

这一招也是看电视剧学来的。

没有人回应，张骞急了，"那你们都是学什么专业的啊？"

我无奈，只好过去帮张骞一起扶那个男人。好在，过一会儿，男人醒了，他只是暂时性的休克。男人看着我们，不好意思地问："我刚才是不是摔倒了？"

"是啊。"张骞说。

中年男人说："我是老毛病了，现在没事了，谢谢你们啊。"

"老毛病得看啊，总不能犯一次病摔一次吧，眼镜摔碎了也买不起啊！大哥，我跟你说，你的这昏厥的毛病不能小看，真得去看……"于是，地铁车厢里便发生了一个青年男子给一个中年男人讲养生的故事。张骞是个"二百五"，说话的音量又很高，整个车厢的人都竖着耳朵倾听。后来，那个摔倒的中年男人再过了两站就下车了。我严重怀疑他是提前下车的。

"我算是知道了，真正晕倒的人都是一下就摔地上的，电视上那些闭上眼睛慢悠悠晕倒的全部不真实。"这是张骞对那次地铁事件唯一的心得体会。

我和张骞的关系，在旁人看来，永远都是我在为他擦屁股，谁都不知道张骞这个"二百五"其实一直在救赎我。他看不惯我总是生活态度悲观，所以他不惜将自己家里的丑事爆料出来，来为我输送正能量。当然，他说的那些丑事最后都有一个温暖的结局，要不怎么治愈得了我。比如，我说我的男朋友也不是什么好人，和他快要走不下去了。他就会把他爸妈当年差点闹离婚的事情拿出来安慰我，告诉我，"最后都雨过天晴了"。

我和前男友分手后,张骞为了表示对我的衷心,硬是六七年都没有和那个男人联系。其实我们有共同的朋友圈,若不是彼此躲着,见面的机会一定少不了。可张骞就是不理人家,所有的社交软件都没有那个人,连电话号码都删除了。如果得知我前男友又谈了个女朋友,张骞都会不屑一顾地说,那个女的如何如何差劲,和我比起来差远了。

我在商场里碰到了狗眼看人低的导购员,受了委屈,如果张骞在身边,他会袖子一卷帮我出头,"一个普通的工作岗位,还要在心里把人分什么等级,那你是什么等级啊?"遇到类似的事,张骞通常都会把这句话重复说出来。

我有时候会半真半假地问他:"我们这么相亲相爱的,干脆凑一块得了!"

张骞总会义正词严地拒绝:"我喜欢公的。"

我不死心,再问:"没听你说过啊。你是不是为了拒绝我而瞎编的理由?"

张骞无比认真地回答我:"就我这不靠谱的个性,还是做我的朋友更长久些。"

所以,我有时候就会发现,张骞并不是个"二百五",他活得透透彻彻,又简简单单的。张骞有时候也会说一些富含哲理的话,比如,他说:"别人说我不正常,那是因为他们都不正常,他们喜欢用固有的模式看人,我也没办法。只不过,我保证比他们活得真接近自我,他们的灵魂是谁的,连他们都不知道。但我的灵魂绝对是我自己的。"

张骞直到现在也没有女朋友,而我却已经嫁为人妇。因为身边的好多朋友都已结婚生子,生活的重心全部都是家务事,大家聚会的机会越来越少了，聚会时可聊的话题也越来越少了。这时，张骞成了我唯一可以呼之即来的朋友，他说这是单身唯一的好处，自由。

张骞的性格怪异，还有点狂妄，谈过的女朋友时间都不长，很少有人能欣赏得了他的古怪。张骞不喜欢煽情，谁要是刻意搞个什么感动，他不但不领情，还会大骂"受不了"。我知道我啰啰唆唆、不着边际地表达一番，张骞看到一定又会骂我活得不干脆了。

好吧，我就像你一样干脆一些。其实我想说的是：张骞，谢谢有你的陪伴，你如此无可救药，我一样爱你。

十年与一辈子

我与好几个朋友的友谊，都已经越过十年。

好朋友杏儿和我同岁，已经离过两次婚。

杏儿是一个顶好的女人，却总是遇人不淑。第一个老公是暖男变渣男，进行了一个转换，第二个老公就是 24K 纯种渣男。一个人太需要爱，反而会在爱里摔跟头，越是在意，烦恼越不停。杏儿很漂亮，很有女人味，修养也好，不物质。她可以不用高档化妆品、不背名牌包、不去欧洲十国游，仅为爱而去爱一个男人，拥有最原始的爱的愿望。纵然如此，在世俗的标准看来，她年纪轻轻结局却凄凉。

但那只是世俗的标准。我从杏儿的身上从看不到凄凉。她的温和让我放心，又不放心。在第一个老公离她而去的时候，她怀里的漂亮宝宝才几个月。我搭着一辆臭烘烘的长途大巴去看她，没有看到她的眼泪，没有对我哭诉那男人有多烂，就是说一切过去了，把该解决的遗留问题解决好就算了。时隔几年，她来上海，我们又见了一次面，她依旧笑眼弯弯，自嘲地告诉我："时间真快，我都离了两次婚了。哈哈，听起来就是个老女人该干的事喽。"

那次见她，我俩还都在二字头，我不觉得我们老。

因为朋友的疏于联络，所以我们的记忆总是还停留在从前。这些年，彼此都经历了千山万水，分分合合，早已不是原来的样子。过去，在她那里早就过去了，可我见了她，总会不由自主地联想到，她还在那段故事里。她早已云开月明，笑容灿烂，我问的"杏儿，你最近好吗"就显得非常多余。

顿悟到这个道理，我不好意思地哈哈大笑，说："老什么老，在心里，在眼里，你还是原来的样子。"

杏儿说，第一次有了年龄的恐慌，是在三十岁。她喜欢上一个帅帅的男生，一打听，人家比自己小两岁，还是个研究生，顿时就不自信了。离婚两次，带着个小孩，大龄，这些标签就像枷锁一样锁死了女人的自信。杏儿也知道，如果对方真的也喜欢她的话，年龄不是问题。但是那么多的标签，该怎么一张张地撕下去？

好的朋友，就是即使天各一方，疏于联系，时隔几年见面还能和以前一样神侃神聊的人，仿佛没有中间的这几年分别。我是个生活很粗糙的人，上大学时不爱穿皮鞋，因为里里外外都不会清理。我永远记得在那个八人宿舍里，我坐在床上喝娃哈哈，杏儿蹲在那里给我擦一双脏脏的黑皮鞋。

后来我聊起这个小故事，杏儿说她已经不记得了。

在上海时，我带着她去外白渡桥附近走走，突然觉得脚里硌得慌。我找了个人少的地方脱了鞋，发现里面不知什么时候装了几颗小石子，我唰啦啦一抖，杏儿在旁边哈哈大笑。杏儿说："方草，我以后每次想起你，都与鞋有关。咦，怎么会有小石子，是你的鞋买太大了吗？"

我特别欣慰杏儿没有成为一个怨妇，她好像有十个成为怨妇的理由。换作别人，早把全天下的男人痛骂几百遍，然后逢人便说自己的不幸了。当一个人过尽千帆，还不怨天尤人，就是平凡中的伟大。杏儿做得很好。

杏儿说，她不愿意向别人诉苦。因为诉苦通常会有两种结果：什么都拥有的人，会告诉一个一无所有的人说"不要想得太多"；和你一样一无所有的人，会沾沾自喜，因为你比他（她）还要惨。如果仅仅是想得到安慰，不如去买几本"心灵鸡汤"去看。

再说我的好朋友大傻妞。

我的朋友李飞侠，阳刚的名字，如假包换的女性。上大学时因为闹的笑话最多，故给她起个名号叫"傻妞"。

傻妞会在不经意的时候突然发出小猪的声音，就是声音从鼻子深处向外开来的"哼"的一声。据我观察，每次这种声响，都发生在浪漫氛围的结尾里。比如某位男生刚给大家唱完一首动人歌曲后，旁人还在沉醉，这个声音就像乐器里的休止符一样，不正不斜地插了进来。

傻妞是晋中地区人士，普通话 99% 标准，还剩下 1% 就是 h 和 f 分不清，不明白的朋友，想想那个绕口令"灰凤凰、粉凤凰"就知道我说的是什么意思了，而且她属于越逼越急越说不出的类型；有一次去食堂打饭,傻妞本来想吃"烩粉",但嘴一张就说成了"烩昏"。我们几个跟在后面起哄,她一急更说不上来,然后就变成了:"我要吃烩……烩……烩…好了,我要青椒土豆丝"。

傻妞身材很好,百吃不胖型,普通的衣服穿在身上,我看着都像是牌子来着。那时候,真维斯、唐狮、班尼路和李宁都是我们心中的奢侈品牌。傻妞买了其中一个牌子的T恤,穿上身,我必须要赞美才对得起她的下血本。我说:"傻妞,你的锁骨好漂亮啊!"傻妞漂亮的圆眼睛一睁:"什么是锁骨?"

被我们几个表扬一番后,傻妞自信满满地穿着新衣服,带着我和小张张,去她喜欢的男生的眼前晃荡了。食堂门口,她的男神没见着,我却一眼看见了我的男神正和一个短头发女生亲昵地走出来。傻妞看着我难受,好死不死地唱起任贤齐的《很受伤》,声音不低。

"我料你现在很受伤,很受伤,很受伤……"面前走过的男生饭盒掉一地,好像傻妞的歌里有魔法一般。傻妞眼睛看向别处,逃避责任,那个男生就看着我,我也看着他,大眼瞪小眼。

我和傻妞经常促膝长谈,教学楼后面那个空旷的平地上,看着满天的星星,我们聊过好多。谈毕业后的去向,谈班里某位同学长着一排奔放的大牙,谈某个男生表面是帅哥其实是草包,谈某个老师和某个老师关系暧昧,谈明星,谈爱情,谈理想。

慢慢地,曾经脑海中设计过的事,有的发生,有的没发生。我们都长大了。

傻妞现在已当了妈妈,有了一个可爱的女儿,正和很多人一样,在婚姻的爱与无奈中走着自己的人生路,百折不挠地向前走。外表快乐的人，往往也容易悲观。傻妞有一些悲观，却也能一一化解。我们终究是坚强的。傻妞是我即使一辈子不见面，我有事需要帮忙时都会不顾一切出头的人。她说我是她最亲的朋友，永远都是，经得起任何考验。还有身边乌央乌央那么多人，纵使天天见面，就能成了朋友吗？

最美的在心，不在远处。

我上学时的外号叫"娃娃"，系"大头娃娃"的简称，缘于我的脸盘比较大。有一天我用手托着脑袋在思考人生，傻妞像发现一个新大陆似的说："圆圆的脸，下面一个细胳膊撑着，真像一个棒棒糖。"

"娃娃"的绰号由此而来。这些年过去，叫我这个外号的依然只有三个人：小张张，杏儿，傻妞。我爱这个外号，希望等到白发斑斑、满头皱纹时，她们还能这么叫我。

我们四个人，曾经创造了个组合叫"四大金刚"，还穿着黑西装，戴着礼帽排练了一段酷酷的舞蹈，郭富城的《失忆（谅解）备忘录》。当然，我跳得最好喽，遗憾的是没有影像资料了。我现在的抽屉里只有一张张属于我们的照片，可那些代表不了我们整个的青春回忆。我们的回忆太多，足够畅饮一生。

人生三字头，大学时代的叛逆青春早被压在心底的某个角落，但从不曾消失。即使和美好的青涩岁月说了再见，青春的尾巴太滑溜，调皮的我们抓也抓不住，我们依然在各自的人生之路上勇敢地走着，越走越美丽。我心里总为她们留有一个位置，我相信她们也会为我留着。冷静与实际的现实人生里，我们彼此，都是最温暖的存在。

小张张、杏儿、傻妞都是我十年以上的朋友。十年太短，一辈子刚刚好。

后序：写给自己

当心与身体一起成长，到底哪个会先老去？

就像杏儿说的，看见个喜欢的人，也不敢接近了，比人家大一岁都觉得像是要占便宜似的。而我最近正纠结于要不要再去工作的问题，一想到这个，就没来由地烦恼。

我们的困惑，似乎都关乎年龄，可又不仅仅是年龄。

两年多前毅然决然地辞掉还不错的工作，开了一个淘宝店，正好也可以安心继续我的写作大业。一切安排得看起来是那么美好。离职后的第一天，睡了一个天昏地暗的懒觉，洗漱，化妆，出门享受生活。一想到这个时间别人都还在上班，觉得阳光都比平日灿烂了很多。

张嘉佳说：过自己想要的生活，上帝会让你付出代价。但最后，这个完整的自己，就是上帝还你的利息。

我对此深信不疑。

而事实证明我不是一个做生意的料，骨子里淌着的还是文艺青年的血。两年后，淘宝店关闭，而写作这件事却是有越走越远的迹象了，这是我想要的结果。"梦想"这个东西，就是先剥你骨，再吸你血，让你过着区别于正常人的生活，再亲自尝试一下人言可畏，最后你还要一路继续下去，并且用它来为自己的生活买单。

一路走来，痛并快乐着。

我现在越来越害怕别人谈到"梦想"这个词，因为它的使用频率过于泛滥，以至于有人误解了它的意思，还有一些人把它拿来贩卖。从此，你听到很多人说，他们从小就有一个音乐梦想；你听到更多人说，他们要白手起家或是环游世界。认识的不准确，梦想只会让清醒的人更清醒，糊涂的人更糊涂。

写作就是这样一件被归类于"梦想"的事情，多少人在这条路上前赴后继，后人埋葬前人的尸骨。但写作并不是纯粹不食人间烟火的事，村上春树的编辑就告诉过他，作家可是靠着拿稿费不断成长的。不靠交学费而是靠领稿费，文章才得以一点点写得像样起来。

这并不厚颜无耻。

于是，稿费不足以糊口的人开始怀疑了这个梦想。我认识的作者，几乎没有一个全职写作的，他们都有自己的工作，有别的经济来源，因为生存，所以才能做梦。飞蛾扑火般地去追求梦想，也要量力而行，先填饱肚子再说。心灵鸡汤灌得多了，也会出现反效果，并不是所有耀眼的光芒最终都能归属于自己。

好在，我和身边的小伙伴都明白这个道理，所以也就比旁人辛苦了些。因为白天要工作，晚上要写稿，抽出点可怜的时间还要拼命地看书充电,恐怕有一天江郎才尽。往往到了午夜零点零一分,我们还在网上相约。

真的,很感激这些相互打气的小伙伴。

但是,我们是幸福的。既是喜欢的事,就难免执着。我永远忘不了电影《茱丽对茱莉亚》里结尾的一个镜头,当看到年迈的茱莉亚从茱丽手里接过她的美食书时,我泪流满面。当自己的人生经验、情感与感悟变成了铅字,在某个我所不知道的地方,有人和我读着同样的文字,或感同身受,或激烈辩驳,这是一件无比美妙的事。

梦想是未知的,但世界上没有一件事前途可卜。困难冲不走一个人不渝的豪情,当热爱文字成了一种信仰,我们总会习惯于在风浪中起航。

我们不必感叹世间的不公、人情的冷暖、梦想照不进现实。时间和空间隔不断美好的情感,也阻挡不了我们可保留的赤子之心。最美的永远在心,不在别处。

图书在版编目(CIP)数据

愿有趣的灵魂终能相遇 / 方草心著.—北京：中国华侨出版社,2015.9

ISBN 978-7-5113-5671-0

Ⅰ.①愿… Ⅱ.①方… Ⅲ.①散文集–中国–当代 Ⅳ.①I267

中国版本图书馆 CIP 数据核字(2015)第 224883 号

愿有趣的灵魂终能相遇

著　　者 / 方草心
责任编辑 / 文　蕾
责任校对 / 王京燕
经　　销 / 新华书店
开　　本 / 670 毫米×960 毫米　1/16　印张/16　字数/231 千字
印　　刷 / 北京建泰印刷有限公司
版　　次 / 2016 年 2 月第 1 版　2016 年 2 月第 1 次印刷
书　　号 / ISBN 978-7-5113-5671-0
定　　价 / 29.80 元

中国华侨出版社　北京市朝阳区静安里 26 号通成达大厦 3 层　邮编:100028
法律顾问:陈鹰律师事务所
编辑部:(010)64443056　64443979
发行部:(010)64443051　传真:(010)64439708
网址:www.oveaschin.com
E-mail:oveaschin@sina.com